SE EU OLHAR PRA TRÁS

Ademir Furtado

Porto Alegre
2011

Preparação
Gustavo Faraon

Capa
Humberto Nunes

Revisão
Rodrigo Rosp

Foto do autor
Drigo Cardoso

Esta obra é uma ficção. Embora algumas cenas se passem em espaços reais, os personagens que habitam estas páginas são frutos exclusivos da criatividade do autor.

Dados Internacionais de Catalogação na Publicação (CIP)

F992s Furtado, Ademir
Se eu olhar pra trás / Ademir Furtado. – Porto Alegre: Dublinense, 2011.

192 p.; 14 x 21 cm.

ISBN: 978-85-62757-35-8

1. Literatura Brasileira. 2. Romances Brasileiro. I. Título.

CDU 869.9937

Catalogação na fonte: Ginamara Lima Jacques Pinto (CRB 10/1204)

Av. Taquara, 98/504
Petrópolis – Porto Alegre – RS

dublinense

"A história é um
romance verdadeiro"

Paul Veyne

Capitulo 1

Os barracos da favela à beira da pista anunciaram a entrada no perímetro urbano. No asfalto, uma fileira de automóveis continha-se numa lerdeza própria de comitivas. Um dos motoristas resignava-se àquela procissão de latarias ao longo da estrada, vigilância no movimento, devido aos raios do sol do fim da tarde, que molestavam os olhos e comprometiam a visibilidade. Ao lado dele, a esposa dormia, cabeça sobre o encosto do banco. Lá fora, apenas o ronco dos motores escoava rumo à capital. Uma zoada de buzinas, e a companheira despertou.

— Chegamos?

— Sim

Ela se virou para o assento traseiro e observou a menina, que ressonava alheia ao rumor da estrada.

— Dormiu a viagem inteira, coitadinha!

— Tu também.

A mulher ignorou a observação do marido, apanhou um espelho na bolsa, recompôs o cabelo e removeu da face as marcas do sono. O veículo sujeitou-se à morosidade do fluxo até atingir o viaduto da rodoviária e alcançar o Túnel da Conceição. Na Osvaldo Aranha, a fila de automóveis deslizou com mais liberdade e logo parou numa sinaleira. Um grupo de pedestres, bandeiras vermelhas em punho, atravessou a rua em algazarra, cantigas, um clima de festa pública. A mulher do motorista mal disfarçava a contrariedade pela espera. A demora na abertura do sinal parecia ser culpa daquela alegria que transbordava na via pública.

— Ainda tem comemoração a essa hora? Tomara que tudo isso sirva pra alguma coisa. Deus ajude, e que agora as coisas melhorem. Do contrário, o que vai ser desse povo?

Os anseios da mulher se perderam no rebuliço dos pedestres, sem encontrar eco no silêncio do marido. Ele se limitou a assistir àquele desfile desordenado, até que o semáforo trocou para o verde.

A noite já pairava sobre as folhagens das árvores do Menino Deus quando ele desligou o motor na garagem. A esposa desceu primeiro, abriu a porta traseira e chamou a criança.

— Lili, acorda, querida. Já chegamos. Vamos descer.

— E a minha mãe? A minha mãe chegou?

— Hoje, tu vais dormir na casa da vó. Domingo, a mãe vem te buscar.

A avó desapareceu com a neta nos braços, ele descarregou as malas. O porteiro do prédio se aproximou.

— Boa noite, doutor Edimar. Feliz ano-novo. Como foi de viagem?

— Boa noite, seu Dino, feliz ano-novo para o senhor também.

— Pode deixar que eu levo pro senhor.

— Muito obrigado.

Assistido pelo funcionário, arrastou a bagagem até o saguão, agradeceu mais uma vez e entrou no elevador.

Na hora do jantar, a tagarelice da neta compensava o mutismo do casal com as lembranças das brincadeiras na praia. A avó aconselhava:

— Come, querida. Senão, a comida esfria.

O marido engoliu o alimento, empurrou o prato. Saiu da mesa, sentou no sofá da sala na frente do televisor. Os primeiros canais sintonizados apresentavam a mesma programação: a solenidade de posse do novo presidente da República. O locutor, num discurso prenhe de sentimentalismo, esbanjava elogios para enaltecer o novo mandatário nacional e glorificar o que chamava de garra, determinação e força de vontade de um homem humilde, que saiu da classe popular, do meio do povo, e chegou ao cargo máximo da estrutura política brasileira. A neta veio da cozinha e aninhou-se no colo do avô. Ele acolheu a criança. A avó acudiu.

— Querida, o vô está cansado, vamos pra cama.

Mas a menina negligenciou o chamado da avó.

— Pode deixar que eu cuido dela mais um pouquinho. Assim que ela dormir, eu levo.

A avó entrou no quarto. Por um momento, o avô esqueceu a importância do telejornal e dedicou-se a um acalanto mudo, expresso apenas no cafuné nos cabelos da neta. Contemplava aqueles olhos infantis que, aos poucos, se entregavam ao peso do sono, quando uma reação de impaciência saltou-lhe boca afora.

— Quanta hipocrisia!

— O que foi?

A mulher entrava na sala nesse instante.

— Essa apelação toda, esse repórter se fazendo de emocionado.

— Mas o povo está muito emocionado. Viste muito bem hoje na rua!

— Pelo menos, eles querem que a gente acredite nisso.

— Mas tu não votaste no Lula?

— Uma coisa é diferente da outra. Eu me refiro a esse melodrama todo. Parece cena de novela.

— Pois já devias saber que, na televisão, até as notícias têm jeito de novela.

— Fico pensando no meu pai. O que ele diria se visse isso?

Mas, para a mulher, o conforto da neta representava algo mais importante que a posse do novo presidente. Pegou-a do colo onde já cochilava e carregou-a para o dormitório. Ele continuou na sala, sem demonstrar nem curiosidade nem interesse pelo que via na televisão. As imagens se repetiam, os mesmos discursos, depoimentos de políticos, lágrimas de populares em primeiro plano, os familiares pobres do novo chefe da nação. A mulher passou mais uma vez pela sala, apagou a luz.

— Ela já está acomodada na caminha dela. Vou dormir também.

O presidente pendurou a faixa da presidência sobre o ombro e beijou a bandeira do Brasil. O aparato cênico daquela transmissão lembrava uma montagem teatral de peças clássicas, feita por grupo amador, em que os atores mal conseguiam decorar as falas e repetiam tudo sem entender o conteúdo do texto.

Nesse estado de espírito, Edimar dormitava sobre a poltrona. A luz branca sobre a pele dava-lhe uma aparência ainda mais mortiça. O clima de festa transmitido por satélite contrastava com o marasmo da sala e, aos poucos, a cabeça pendia sobre o peito. Desligou o aparelho e foi para o quarto.

Às sete da manhã, ele esperava na cama. A mulher se espreguiçou e, sem dizer nenhuma palavra, levantou-se, entrou no banheiro. Após alguns minutos de silêncio, ele ouviu um barulho de descarga do vaso e o ruído de água que escorria da torneira. O burburinho cessou, ela ressurgiu e saiu pela outra porta.

O recesso no trabalho se estenderia até a próxima segunda e, assim como nos anos anteriores, esse tempo escoaria vazio, preenchido aqui e ali com alguma lida doméstica, as compras no supermercado, um passeio até a praça na companhia da neta. Já no segundo dia, Edimar acordou com a mulher na beira da cama, um jornal em punho.

— Édi, olha aqui a manchete. O governo vai mudar a Previdência. Será que vão mexer na aposentadoria?

Ele jogou as cobertas para um lado, sentou-se na

cama, calçou os chinelos e falou sem ao menos um olhar para a mulher.

— Que mexam, é problema deles.

A esposa mal se continha:

— Problema deles? Tu nem protocolaste teu pedido ainda.

Ele entrava no banheiro, de pijama.

— Eu já tenho direito adquirido. Estou livre das reformas.

E o assunto foi encerrado assim. A mulher voltou para a cozinha. Tomaram café, ela concentrou-se na rotina do lar, e o marido dispersou-se à procura do que se ocupar, enquanto a neta se entretinha em colorir as figuras do livros que ganhara de Natal. Numa das vezes em que se cruzaram no corredor, a esposa sugeriu que o marido arrumasse o gabinete. Sem ter nada mais para se distrair, e nem motivo para recusar, Edimar obedeceu. Mas, antes mesmo de se empenhar na incumbência, recebeu um pedaço de flanela e mais um conselho:

— Pega esse paninho, passa nos livros, tira um pouco daquele pó.

Ele acatou a sugestão mais uma vez e se trancou na biblioteca. Aquele recinto conservava a única sobra do que o casal planejara para o futuro: os livros do tempo em que ele era professor de história e ela lecionava língua portuguesa. Sem nenhum entusiasmo, ele pegou um volume. A capa já meio rasgada, manchas nas bordas. Esfregou o pano na lombada, colocou no lugar. Pegou mais um, sem olhar o título. Agora, tudo se resumia a objetos que juntavam sujeira. A mulher retornou.

— Eu acho que tu devias baixar tudo isso da estante pra limpar. Olha a quantidade de pó.

Sacou o pano de pratos que trazia sobre o ombro, deu uma espanada no móvel. Ela voltou à cozinha, e ele se alheou na tarefa, sem reclamar. Removeu alguns volumes para cima da escrivaninha, largou outros pelo tapete. Numa das prateleiras, um conjunto de encadernações iguais, acabamento de luxo, todas da mesma cor. Puxou algumas delas, mas uma escapou da mão. A capa se desprendeu do corpo do livro e expôs a ação das traças sobre as folhas. Ele apanhou, retirou o pó, esfregou as manchas de sangue de barata e viu o título. *As ilusões perdidas*. Ele já tinha sido um admirador de Balzac. Lembrou-se de uma sentença proferida várias vezes pelo pai que, para entender a França, era muito mais produtivo ler Balzac do que os historiadores acadêmicos. Mas o entusiasmo se perdeu em algum capítulo de sua história e Balzac agora não passava de uma palavra impressa numa superfície coberta de pó. A faxina se alongava num clima apático quando a esposa reapareceu e anunciou que precisava descer até a feira, buscar legumes para a salada. A neta pediu para ir junto, mas a vó argumentou que havia muita gente nas compras naquela hora, à tarde ela faria um passeio com o vô.

Ele prosseguiu na remoção da sujeira. A impaciência se insinuava no desleixo com o manuseio daquele amontoado de papel em forma de brochura. A campainha do telefone quebrou a monotonia da ocupação. Atendeu, e uma voz que soava cansada afirmou que procurava pelo senhor Edimar, filho do professor Ariosto, de Santa Maria.

— Sim, sou eu.

— Eu estou à procura de informações sobre um trabalho muito importante do professor, e talvez o senhor possa me ajudar.

— Meu pai morreu há vinte anos.

O autor da chamada sabia disso, mas acrescentou que uma pesquisa deixada incompleta pelo professor despertara interesse de alguns estudiosos. Tratava-se de um resgate de memória. E sem maiores explicações, o interlocutor insistiu na importância de conversar e suplicou que concedesse uma entrevista. Por fim, ele sabia que Edimar morava perto do shopping Praia de Belas e sugeriu que poderiam se encontrar durante a tarde. O primeiro impulso foi desligar o telefone. Mas era o horário prometido de levar a neta a passear, e um pretexto para fugir do tédio de uma tarde trancado em casa. Com esse álibi, consentiu na proposta do outro e acertaram horário e local para o encontro. A esposa entrou no momento em que ele recolocava o fone no gancho.

— Quem era, Édi?

— Ninguém. Foi engano.

Naquele almoço, ao contrário do hábito dos fins de semana, dispensou a sesta e perguntou à neta se ela queria tomar sorvete no shopping. O alvoroço da menina traduziu a resposta e, em poucos minutos, os dois atravessavam o canteiro ajardinado da Avenida Ganzo, sob o olhar da avó, que vigiava da sacada da janela. No convívio com a neta, Edimar reencontrava um pouco da jovialidade perdida. Ele se encantava até com as travessuras mais implausíveis, como aquela disparada pelo meio da pista dos automóveis. Numa corrida, ele alcançou a fugitiva, retomaram o rumo pela calçada e, em seguida, dobraram pela Praia de Belas. A vista do prédio comercial antecipou o aborrecimento previsto para os minutos seguintes. Naquela tarde, nem a vitalidade infantil que corria na frente conseguia desanuviar a contrariedade no rosto do avô. Nem mesmo a caminhada logrou dissipar um pouco a ansiedade causada pela expectativa daquele colóquio.

Entraram no shopping. Edimar comprou o sorvete, procurou a lanchonete combinada para o encontro e instalou-se numa mesa. Lili escapou da guarda do avô e enveredou para uma praça, onde havia um carrossel com bancos em forma de dragão, que circundavam uma miniatura de castelo medieval. Ele correu atrás dela, pagou o ingresso, acomodou a menina no falso animal mitológico e voltou para a cadeira, a poucos passos de distância. Com a atenção voltada para a neta, ignorou um par de olhos velhos que o seguiam da mesa ao lado. Apareceu uma garçonete, e Edimar pediu um cafezinho. O velho da outra mesa ergueu-se apoiado numa bengala e se aproximou.

— Com licença. Edimar?

— Sim.

— Eu logo vi. Tu és muito parecido com teu pai. Eu sou o Antenor.

Os dois homens se observaram, o estranho apoiado na bengala, Edimar retraído na má vontade com aquele contato. Sem atinar numa atitude, examinava o velho de cima a baixo e não reconhecida nele nenhuma figura do passado. O velho descansou sobre uma cadeira. Edimar fez um aceno para a garçonete, mas o outro atalhou que já tinha tomado um café e não pretendia demorar. Edimar se mantinha na defensiva, a atenção dividida entre a neta e o visitante.

— O senhor é de Santa Maria? Acho que nunca vi o senhor antes...

O outro forçou um sorriso e um gracejo que pareceram uma tentativa de demonstrar simpatia.

— Eu não sou um homem famoso. Sou teu conterrâneo, sim. Mas conhecia teu pai apenas de vista. Nunca frequentei a casa dele. Compareci ao enterro, e me lembro de te ver no cemitério. Não mudaste muito.

— Já faz quase vinte anos. E havia muita gente naquele dia.

— Sim, a morte do teu pai foi um marco na cidade.

Edimar não se sentia à vontade para falar do pai com um estranho. Vasculhava a memória para encontrar vestígios daquele intruso no passado, mas ele não aparecia. Revivia com nitidez o momento em que recebeu um telefonema no trabalho, ouviu a notícia e correu porta afora, sem dar explicação a ninguém; a chegada à reunião dos professores, onde a esposa participava de uma assembleia, assim como a multidão no cemitério, os pêsames, os cumprimentos. E ainda ecoavam na mente as palavras do doutor Aristides ao lado do caixão, num necrológio que enfatizava a cultura e a sabedoria do professor que tanto trabalhou para semear no coração dos jovens o amor pela história do Brasil. Mas o rosto daquele intrometido continuava sem nenhuma referência. Edimar ocultava o desinteresse pela presença do outro com os zelos dedicados à neta. O velho avançou:

— Seguiste a carreira de professor também?

— Cheguei a me formar, lecionei por pouco tempo, mas abandonei o magistério e ingressei no serviço público. Já estou quase me aposentando.

— Ah, sei. A estabilidade, a segurança.

Agora, já demonstrava impaciência, não queria continuar aquela entrevista. Quem quer que fosse aquele sujeito, Edimar não tinha nenhuma vontade de ouvir as razões dele. Esperou que o outro dissesse logo o que queria, mas o velho parecia vacilar. A neta fartou-se do castelo medieval e subiu num escorregador ao lado.

— Afinal, o que o senhor quer de mim?

— Tu sabes que teu pai era um homem muito bem relacionado na cidade, sobretudo com os militantes da esquerda.

Edimar atirou ao outro um olhar carregado de hostilidade, mas, por pura complacência e respeito a um idoso, esperou que ele continuasse.

— Parece que ele estava escrevendo uma espécie de história atual do Brasil, das pessoas que ele conhecia: militantes, políticos.

No impacto desse novo lance, Edimar se desarmou um pouco. Os olhos esbugalhados do velho tentavam captar o efeito no ouvinte.

— Eu não sei de nada.

— Pois é. Eu acho que era segredo. O trabalho ficou inacabado. Pelo que sei, uma amiga dele se apoderou de tudo e veio embora para Porto Alegre.

Algumas pausas interrompiam as frases, o velho precisava escolher cada vocábulo. Lili repetia a brincadeira de subir no escorregador, Edimar dobrava-se ao peso das revelações.

— Isso para mim é novidade. Que eu saiba, meu pai sempre foi apenas um professor.

— Tu nunca recebeste nada desse trabalho?

— Nem sabia da existência dele.

— Eu acredito. A tal amiga afirmou que tinha enviado tudo para a família do professor em Porto Alegre. Eu nunca acreditei muito nisso.

— Também desconheço existência de alguma amiga.

— O nome dela é Marisa. Foi colaboradora do teu pai quando jovem. Ela veio embora para Porto Alegre. Parece que está internada num desses asilos para pessoas idosas na zona sul. Não sei qual, só sei que tem o nome de uma santa.

— E por que o senhor não procura essa pessoa?

— Ela não recebe ninguém, se faz de caduca. Além do mais, ela insiste que mandou tudo para a tua família.

— E qual o seu interesse nesses estudos?

— Apenas acadêmico. Talvez haja alguma coisa importante a se aproveitar.

— Eu não entendi no que eu possa ajudar.

— Podias descobrir com a velha que fim levaram esses documentos. Pode ser que contigo ela fale, em homenagem ao teu pai. Tu és muito parecido com ele.

A neta, cansada de brincar, refugiava-se no colo do avô. Ele aproveitou a oportunidade.

— A menina quer ir embora.

— Fica à vontade, não tenho mais nada a dizer. Só te peço que tentes nos ajudar. Se conseguires alguma coisa, liga para este número em Santa Maria.

Tirou do bolso uma caderneta e uma caneta, anotou algo, rasgou um pedaço e alcançou.

— Esse telefone é seu?

— Não, mas a pessoa que atender vai estar te aguardando. É só se identificar.

Sem olhar o conteúdo escrito, Edimar apanhou o papel e enfiou dentro da carteira.

— Vou ver se posso fazer alguma coisa.

Saíram do shopping, o sol começava a declinar, e o calor da tarde dava lugar a uma brisa mais suave. O trajeto de duas quadras até a casa foi percorrido em silêncio, a neta, retida pela mão, relatava a si mesma histórias de dragões que via na televisão.

Domingo não houve passeio. Edimar gastou parte da manhã com a leitura do jornal. Lili vagueava do desenho animado na televisão ao aquário ao lado da parede. Os dedos da mão direita em prolongamento dos da esquerda fechavam um círculo que ela pressionava sobre o vidro e simulava aprisionar o peixe. Mas logo ele fugia para a outra margem. A avó se desdobrava na cozinha no preparo do almoço. Quando ouviu barulho de chave na porta, Lili pulou rumo à entrada:

— A minha mãe chegou, a minha mãe chegou!

A dona da casa abandonou as panelas e correu para receber a visita.

— Vânia, que bom que vocês chegaram. Feliz ano-novo. Tudo bem com vocês?

Vânia abraçou a mãe com votos de felicidade para o ano que iniciava. O genro esperava de pé ao lado da porta, com um buquê de rosas brancas.

— Oi, Celso, entra. Feliz ano-novo.

O rapaz avançou. O braço envolveu a sogra num gesto que ostentava mais vigor físico do que afeto.

— Dona Mercedes, desejo que a senhora seja muito feliz neste ano de 2003, assim como nos próximos. Trouxe estas flores para a melhor sogra do mundo.

— Ai , mas que exagero, não precisavas te incomodar.

Lili empoleirou-se nos braços da mãe, saltou para o colo do pai, festejava os dois ao mesmo tempo. A avó buscou um jarro na cozinha, encheu de água e arrumou as flores na mesa da sala. O dono da casa renunciou à leitura, mas permaneceu no mesmo lugar. A filha avançou com a menina no colo, seguida do marido.

— Oi, pai. Feliz ano-novo.

Edimar envolveu filha e neta num abraço.

— Bom dia, minha filha. Pra vocês também.

Ao lado da filha, o genro aguardava sua vez.

— E aí, Edimar, como é que estamos?

— Tudo bem, Celso. E vocês, como passaram o fim de ano?

— Maravilha. Nova Iorque é sempre um show à parte. Vocês deveriam fazer essa viagem.

A família se acomodou. Os visitantes descreviam a experiência vivida no primeiro mundo e prometeram levar a filha na próxima viagem. Mercedes se atrapalhava na cozinha com o almoço dominical. Lili saltitava do colo da mãe para os braços do pai, contava as brincadeiras na praia, que tinha ido com o avô ao shopping e tomado um sorvete enquanto ele conversava com um amigo.

— Que amigo tu encontraste, Édi?

— Bobagem. Um velho solitário que queria alguém pra desabafar.

A conferência familiar se estendeu por várias direções, conforme o desejo de cada um de saber ou contar alguma coisa. À mesa, o genro provoca o sogro.

— E então, este ano te aposentas?

Mercedes atalhou:

— Ah, se Deus quiser! Isso se o Lula mantiver a aposentadoria. Agora, eles querem mudar a Previdência.

— Não há perigo. As mudanças só entram em vigor com a publicação da lei no Diário Oficial, e isso ainda vai demorar. Além do mais, o Edimar já tem o direito garantido.

Sem dar ouvidos às advertências do genro, a velha antecipava infortúnios.

— Eu tenho tanto medo que o Édi não consiga a aposentadoria neste ano. Ele anda muito desanimado pra trabalhar, se queixa muito, toda hora com náuseas.

— Pai, por que tu não vais consultar?

— Exagero da tua mãe. Eu só sinto náusea se fico muitas horas sem comer.

A filha captou no olhar do pai uma reprimenda lançada sobre a mãe. A velha ignorava o desconforto que pairava sobre a mesa e já sofria as dores da doença imaginada.

— Uma pessoa trabalha a vida inteira, planeja uma velhice segura e, no fim, eles mudam tudo.

Ninguém respondeu. Edimar e Vânia se miravam. O olhar altivo dela dissuadia qualquer réplica. O genro tentou uma nova saída:

— E a casa em Torres como está?

— Ai, Celso, isso é outro problema que está me deixando preocupada. A cidade está péssima, mal frequentada. Mau lugar pra minha neta passar um feriado no meio daquela gentalha que invadiu a cidade. Por mim, eu vendia aquela e comprava outra em Atlântida.

— A tua neta tem pai e mãe pra zelar pela educação dela.

— Mesmo assim, eu tenho o direito de pensar nisso. Quero que ela cresça longe de gente sem educação, que se amontoa na beira da praia, grita, faz arruaça a noite inteira.

— Quem sabe tu levas tua neta pra crescer na Suécia? Lá não tem pobre. No Brasil, até os ricos são pobres.

A filha apoiou os braços cruzados sobre a mesa, busto empinado, a voz autoritária verbalizava a mensagem expressa antes no olhar.

— Pai, a mãe está só dizendo o que ela pensa.

A impaciência do genro tornava-se evidente nas várias vezes em que se recostava na cadeira e voltava a se apoiar na mesa. O sogro se limitou a sacudir os ombros e resmungar:

— Por mim, tanto faz.

Mercedes voltou a atenção para a neta, que se entretinha com o desenho animado na televisão.

— Vou pegar a sobremesa.

Celso e Vânia mantinham um diálogo secreto através de gestos e subentendidos que excluíam os demais. Ao ouvir o anúncio da sogra, o genro aplaudiu.

— Que venha em boa hora, pois eu e a minha mulher temos uma ótima surpresa.

Fez uma pausa para perscrutar a reação da plateia, mas a sogra já entrava na cozinha sem dar importância ao comunicado, e o sogro permaneceu na sua quietude habitual, à espera da notícia. Por fim, Celso introduziu o enunciado numa excitação discrepante do descaso dos ouvintes.

— Eu e a Vânia decidimos montar nossa própria banca a partir de março.

A sogra servia o pudim de leite.

— Ué, vão sair do escritório?

— Sim, fizemos um acordo. Vamos receber uma indenização, e somada a umas economias que tenho, vamos conquistar nossa independência.

— Ai, que Deus ajude vocês.

Edimar proferiu um lacônico parabéns e argumentou sobre os empecilhos para consolidar qualquer carreira que dependesse de clientela. A filha amenizou as dificuldades.

— Esse problema já resolvemos. O pai do Celso tem muitos amigos e vamos fechar contrato pra prestação de assessoria jurídica de uma empresa pública. Tu sabes, né, pai, agora é tudo terceirizado.

— Mas empresa pública não é com licitação?

Ninguém se interessou em esclarecer essa indagação. O jovem casal entretido em si mesmo, e Edimar mirava algum ponto indefinido através da janela. Mercedes retomou a lista de preocupações.

— Vocês são tão jovens pra se arriscarem sozinhos. O Celso ainda nem fez trinta anos.

O genro empertigou-se na cadeira.

— A idade de uma pessoa está aqui, ó.

E apontou o dedo indicador para a própria testa. A voz soava alto, numa ênfase incompatível com a quantia de ouvintes.

— Eu, apesar dos meus vinte e oito anos, tenho firmeza de caráter e mais experiência que muitos homens de quarenta que conheço.

A sogra apressou-se em desfazer mal-entendidos.

— Eu não quis dizer que vocês não têm capacidade. Apenas acho que podiam adquirir um pouco mais de prática primeiro.

— Nada disso, dona Mercedes. Além do mais, se o problema é esse, o meu sogro pode se valer dos seus vinte e tantos anos de serviço na Justiça Federal e ir trabalhar com a gente.

Edimar saltou da letargia e interrompeu o genro:

— Nem pensem nisso. Se depender dessa possibilidade, podem desistir.

— Ora, Edimar, pra um aposentado, não custa nada dar um apoio de vez em quando.

— Bem, um apoio moral, na condição de pai e sogro, vá lá... de vez em quando.

O tempo restante foi consumido em repetir os planos da nova fase da vida do genro e da filha. Edimar, em pouco tempo, bocejava na cabeceira da mesa, Mercedes acompanhava os planos do casal e intercalava suspiros e votos de que Deus os ajudasse. Enquanto os jovens antecipavam futuro, Lili rondava o aquário em mais uma tentativa de aprisionar o peixe. Pelo meio da tarde, Celso e Vânia se despediram com a filha. Mercedes foi para a cozinha lavar a louça, mas, em poucos minutos, voltou à sala onde o marido, ainda na cabeceira da mesa, desfalecia num embate contra a modorra.

— Édi, quem sabe tu conheces alguém que possa dar

orientação pra eles?

O marido manteve-se calado. A mulher de pé no outro lado da mesa, o pano de pratos na mão.

— Quem sabe alguém do tempo em que tu eras diretor? Deves ter conhecido gente importante.

O olhar sobre a figura da esposa já externava o que ele tinha a dizer:

— O pai do Celso tem influência suficiente. Até pra vencer licitações.

A mulher continuava parada à sua frente.

— E eu não sou diretor há mais de cinco anos. Eu não passo de um digitador bem remunerado.

Resmungou essas últimas palavras já no corredor, a caminho do quarto. Entrou, fechou a porta e a janela. No escuro, ligou apenas o ventilador de teto, estendeu-se na cama e adormeceu.

Capítulo 2

Edimar aguardava na sala de espera do hospital. Na parede oposta, um quadro mostrava uma moça em uniforme de médico, o dedo indicador sobre os lábios. Mercedes ignorava o pedido de silêncio, falava, gesticulava, mas as palavras se perdiam na quietude hospitalar, sem provocar resposta do marido.

— Tomara que dê tudo certo. A Vânia é tão novinha, tão criança.

O marido deixou escapar uma interrogação implícita no enrugamento da testa: "Vânia, uma criança?".

— A gente não devia ter dado tanta liberdade. Essas idas pra praia no verão, só ela e o namorado.

Uma enfermeira apareceu na porta. Mercedes se agarrou a ela, reclamou do longo período sem notícias da filha. De réplica, ouviu que estava tudo bem, os médicos atendiam a paciente, ia dar tudo certo. A funcionária desapareceu, mas se encarregou de comunicar ao genro a presença da sogra. De volta à austeridade do ambiente, a agonia da esposa recaiu sobre o horário e a possibilidade do marido se atrasar para o trabalho. A resposta foi o mesmo desdém de outras tantas vezes. A porta se abriu de novo, o genro surgiu.

— Oi, Celso, como estão? Ela passa bem? Precisam de alguma coisa?

— Não, dona Mercedes, está tudo sob controle, não precisam se preocupar. A Vânia é muito forte e está bastante feliz.

— Ai, Celso, eu estou tão ansiosa pra ver o rosto da minha netinha.

O genro ignorou os arroubos maternais da sogra e se dirigiu ao sogro.

— Senhor Edimar, quero lhe comunicar uma decisão.

Uma pausa propiciou o ensejo para o sogro demonstrar interesse, mas ele permaneceu mudo. O rapaz prosseguiu.

— Lá no escritório onde eu faço estágio, me convidaram pra ser efetivado. Eles gostam do meu trabalho.

A sogra se adiantou

— Ai, Celso, que maravilha.

Edimar conhecia algumas frases adequadas para esse momento.

— Parabéns, Celso. Isso é prova de dedicação e seriedade profissional.

— Obrigado. Mas o que eu queria dizer é outra coisa. Falei com o meu pai, ele vai me ajudar na compra de um apartamento, e vou casar com a Vânia.

Mercedes despencou na cadeira ao lado do marido.

— Ai, Celso, que Deus abençoe vocês. Olha, se precisarem, a gente pode dar uma ajudinha também. Não tanto quanto o teu pai, claro, mas o Edimar conseguiu juntar umas economias.

— Muito obrigado, mas não precisam se preocupar. Afinal, eu devo assumir as minhas responsabilidades de pai.

Dito isso, pretextou a necessidade de assistência à futura esposa e se retirou. Edimar não se comoveu com aquela pretensão de maturidade precoce e se manteve calado. Inapta para esperar, a mulher se agarrava às conjeturas.

— Pelo menos nisso tivemos sorte. O Celso é um moço muito direito, trabalhador, e parece competente.

Edimar voltou a mirar a moça colada na parede oposta em pedido de silêncio.

— É verdade. E o chefe do pai dele vai se eleger deputado federal. A competência do teu genro também está garantida.

A acidez do comentário passou longe dos ouvidos de Mercedes. Ela devia estar imersa em prognósticos sobre o futuro da filha. Só emergiu do devaneio quando uma enfermeira veio anunciar o nascimento de uma menina. Mercedes adentrou o corredor e Edimar alinhou o passo atrás dela.

A recepção no trabalho foi em clima de festa. Colegas se sucediam numa maratona de abraços, felicitações e votos de muita saúde e prosperidade para a neta recém-nascida. Destacada do burburinho, uma voz forte pedia passagem.

— E aí, diretor, como foi? Já é vovô?

— Bom dia, Edgar. Sim, a partir de hoje, sou um homem mais sério ainda.

Edgar se aproximou e envolveu o diretor num abraço.

— Então, mais uma mulher na tua vida, hein, seu sacana?

— Mais uma descendente, Edgar. Mulher eu só tenho uma.

Prestados os cumprimentos formais, o grupo se dispersou. Edgar continuou por perto.

— Estou louco de fome. Esperei até agora pra gente comemorar juntos ali na churrascaria.

— Então, vamos indo.

Saíram apenas os dois. Lá fora, um vaivém de caminhões recolhia o desmonte do acampamento farroupilha. Na calçada, homens pilchados e operários sem camisa carregavam pedaços de madeira. No fim da rua, uma profusão de bandeiras coloria o trajeto até o restaurante. As vermelhas se destacavam pelo tamanho e pelo cortejo mais animado, cujos militantes cantavam hinos de campanha, cercavam os pedestres e distribuíam panfletos. Edgar cumprimentava todo mundo, agradecia pelos folhetos e prometia votar no candidato em questão. Edimar ainda recebeu alguns parabéns de colegas a caminho do almoço, mas não dispunha da mesma energia do amigo. Respondia apenas "obrigado", "sim, é uma menina", "tudo bem, correu tudo bem". Esforçava-se para camuflar o desconforto daquele assédio todo por conta do nascimento da neta. Livrou-se de outro cumprimento e encontrou o amigo em mais uma promessa de voto.

— Tu vais precisar de muitos títulos eleitorais pra cumprir todas as promessas de eleitor.

— Os políticos não cumprem as deles, por que eu vou cumprir as minhas?

Soltou uma gargalhada, feliz com o próprio gracejo, e entraram no restaurante, onde reinava a mesma balbúrdia. Homens em trajes de gaúcho e mulheres ornamentadas em vestidos de prenda misturavam-se aos militantes em camisetas de partidos políticos. Edimar queria apenas almoçar sossegado. O amigo desfrutava o dom da loquacidade entre os vizinhos de mesa, uma gentileza a um, um galanteio para outra. Garçons de bombacha empunhavam espetos respingados de gordura.

— Édi, parece que tu não estás muito entusiasmado com a tua neta.

— Nada disso. Eu só não preciso mostrar a todo mundo o que estou sentindo.

Aquela amizade já durava mais de quinze anos, e Edgar, apesar do comportamento moleque, sabia ser sério de vez em quando; por isso, relevava a esquisitice do amigo, mas, por outro lado, ouvir a própria voz já era suficiente.

— Ontem, saiu mais uma pesquisa. O FHC vai se reeleger fácil. E o Olívio aqui ainda não garantiu o emprego dele. Acho que não vai conseguir.

Edimar engolia a comida sem muito apetite, e menos interesse ainda pela permanência do presidente da República, ou pelo futuro governador do estado. A barulheira no recinto, a insistência dos militantes, aquela falta de privacidade para o almoço acirravam os nervos do diretor. Edgar prosseguia numa tentativa de diálogo que se transformava em monólogo.

— Essa cambada da reeleição quer mudar a Previdência. Daqui a pouco, ninguém mais se aposenta.

— Eu não estou preocupado com aposentadoria.

Diante de tanta defensiva do amigo, Edgar decidiu atacar com outras armas.

— Edi, e aquela moreninha nova que entrou na tua secretaria, hein?

Edimar passou um guardanapo nos lábios, mirou o parceiro.

— A Cristina? O que tem ela?

— Como assim, o que tem ela? Ela é linda, gostosa pra caramba.

— É minha funcionária. Aliás, é estagiária. Entrou na semana passada.

A mesma gargalhada sem peias explodiu tão repentina que ele próprio decidiu se refrear.

— Tu não viste o noticiário na tevê ontem sobre o depoimento do Bill Clinton? A tal da Mônica não sei o quê também era estagiária, e muito competente, fazia o serviço direitinho.

Com a mão direita, fingiu segurar um objeto invisível perto dos lábios e simulou um gesto obsceno. Acostumado ao despudor do amigo, Edimar recobria-se na pele de um pai tolerante com as traquinagens do filho, mas não incentivava as maledicências dele. Edgar não conseguia almoçar calado.

— Tu não ficas louco só de olhar pra ela?

— Ela tem a idade da minha filha.

— Mas não é tua filha, homem.

Edimar já dava o assunto por encerrado, mas Edgar não desistia assim tão fácil.

— Dizem que ela saiu com meia dúzia de colegas da outra empresa onde trabalhava.

— Edgar, eu sou diretor da secretaria, sou um homem casado, e sério. E não me interessa saber da vida pessoal dos meus funcionários.

— Ih, cara, para com esse discurso de padre pra cima de mim.

Edimar concluiu a refeição.

— Édi, reuni uma turminha aí, quinta-feira vamos tomar uma cerveja. Quer ir junto?

— Não posso. A Vânia vai ficar lá em casa um tempo, eu vou ter que ficar por perto.

— E o marido dela?

— Não é marido ainda. Vão casar assim que ele comprar um apartamento.

— Édi, vê se arruma uma folga dessa vida doméstica e vai junto. A gente se reúne, toma uma cerveja, joga uma sinuca.

Uma pausa estratégica para sondar o efeito do convite, mas as promessas de divertimento não despertaram um mínimo vestígio de curiosidade.

— No fim da noite, o pessoal dá uma esticadinha ali na Barão do Amazonas...

Edimar não esperou o fim da frase.

— Nem pensar. Já falei, eu sou um homem casado. Eu sei muito bem a que tipo de lugar vocês vão.

— Tudo bem. Tudo bem. Mas uma cerveja não tem nada demais.

De volta à secretaria, refugiou-se nas tarefas do cargo. As sentenças e os dispositivos jurídicos invadiram a mente do diretor e expulsaram qualquer resquício de desgosto causado pelos problemas familiares. Concluiu o exame de um processo e guardou-o no armário. Ao voltar-se, esbarrou numa colega que se aproximava.

— Oi, seu diretor. Andas tão distraído que nem notas os funcionários?

— Oi, Cristina, desculpa. Nem te vi chegar.

— Já sei, agora só pensa na netinha. Parabéns ao jovem vovô.

E adiantou um passo, o corpo inclinado na oferta de um abraço. Edimar recebeu o afago, enlaçou a cintura da moça com um braço frouxo.

— Ela nasceu hoje?

— Sim. Por volta das dez.

— Que legal. Nasceu em 23 de setembro, começo da primavera e primeiro dia de libra. Vai ser uma libriana cheia de flores da primavera.

— Eu nem tinha me dado conta de que já estávamos na primavera.

— O avô de peixes e a netinha de libra.

Uma interrogação no olhar do diretor intimou a funcionária a um esclarecimento.

— Eu olhei a lista de aniversários da secretaria.

— Ah, eu não entendo nada de horóscopo.

— Não é horóscopo, é astrologia. Eu adoro astrologia.

Uma rabanada, Edimar sentiu a cabeleira negra e cacheada roçar-lhe a face. Cristina se afastou, e Edimar se viu obrigado a absolver Edgar. A moça se vestia com a sobriedade exigida na corte, sem descuidar da ostentação dos atributos femininos: uma calça comprida delineava o torneado das pernas e uma blusa discreta acompanhava as curvas até a cintura. Tudo isso em natural equilíbrio em cima de um par de saltos altos formava um quadro em movimento que regalava os olhos do diretor. Mas uma campainha de telefone tocou para conspurcar o deleite da contemplação. O diretor atendeu.

— Sim, sim, não esqueci. Já estou a caminho.

Nos últimos minutos do expediente, quando todos os demais colegas já haviam abandonado seus postos, Edimar aproveitava a solidão de seus domínios para organizar a mesa de trabalho. Ao mesmo tempo, antevia a chegada em casa, a aflição da esposa. Recriminou-se pela falta de tempo de ligar para saber notícias da filha e da neta. Ouviu barulho na sala do Magistrado. Bateu na porta, abriu.

— Doutor Aristides, o senhor ainda precisa de mim?

— Entra, Edimar. Precisamos conversar.

Ele obedeceu e se acomodou na poltrona em frente à mesa.

— É verdade que já és vovô?

— Sim. Minha neta nasceu hoje.

— Essa é uma boa notícia, mas temos uma ruim.

O subordinado esperou o desfecho. O juiz não costumava fazer rodeios.

— Estão querendo extinguir a nossa vara. O argumento é que não há tramitações suficientes para justificar uma vara especializada.

Edimar permaneceu mudo, atento ao chefe, mas o sentimento da submissão obrigava a acrescentar alguma coisa.

— É verdade, temos pouco trabalho em relação às varas comuns.

— Pois, é. Com isso, eu volto para o interior. Confesso que não gosto muito de Porto Alegre. Aceitei este encargo em nome do dever, por isso não estou triste.

Edimar também não estava triste, nem desesperado, nem alegre. Apenas apático. O cargo de diretor foi um acaso em sua vida, nunca correu atrás de promoções, e sabia que jamais teria outra. Só restava agora esperar que o fato se consumasse.

— E já existe uma data determinada?

— Ainda não, mas é questão de meses.

Sem mais delongas, Edimar foi liberado, encostou a porta, apagou as luzes da sala e saiu.

A conversa com o superior elevou para uma nova dimensão os problemas que o preocupavam na saída do hospital. A filha adolescente, recém admitida no curso universitário, antecipava-se, por criancice, à condição de mãe. O genro parecia bem intencionado, mas as promessas de assumir sua responsabilidade não passavam, por enquanto, de empáfia. E aquela notícia vinha complicar tudo. Diminuir o salário na hora em que aumenta a despesa. Porque uma coisa era certa: nos primeiros anos, a tutela da neta ficaria por conta do avô. Nesse estado de introspecção, desceu do elevador e já pisava no primeiro degrau da escadaria quando foi chamado.

— Oi, chefe.

— Oi, Cristina, estás aí ainda?

— Pois é. Uma amiga me prometeu uma carona, mas até agora, nada.

— Para onde tu vais?

— Eu moro no Menino Deus, pertinho do hospital.

— Eu moro lá também. Se quiseres, eu te levo.

— Claro que quero.

E caminharam lado a lado até o estacionamento. A moça andava a passos firmes, apesar do salto alto, sobre o calçamento. Entraram no carro. A proximidade quase íntima com uma funcionária constrangia ainda mais a timidez do diretor. Deu partida no automóvel e só relaxou um pouco quando entrou na Avenida Perimetral, longe dos olhares indiscretos. Cristina era expansiva. Falava sem pejo, ironizava os colegas, desdenhava o devotamento quase religioso pela instituição, maldizia a tendência crônica pela fofoca e, para testar os limites dos nervos do diretor, recorria sem pudores ao recurso da malícia, característica encoberta no horário de trabalho. Edimar se dobrava diante daquela vitalidade sem bloqueios. Entravam na Ipiranga quando ela perguntou:

— E tu, chefe. Ainda não ouvi comentários a teu respeito. Ninguém te dá bola?

— Eu não me meto em intrigas, não me interesso pela vida dos outros. Faço o meu trabalho e vou pra casa.

— É típico de peixes.

— Já te disse que não conheço nada de signos.

— O peixe é um ser ambíguo. Assim como pode viver no mar com todo um universo disponível, quando preso num âmbito restrito nunca consegue escapar. Não tem habilidade pra saltar as margens impostas a ele. O passarinho, por exemplo, pode fugir da gaiola, mas o peixe nunca foge do aquário.

— Minha mulher é que gosta de aquário. Ela acha relaxante.

— Ou gosta de ter alguém preso.

O palavreado de Cristina se assemelhava a uma leitura de manual, mas proferido por uma voz suave e articulado por lábios grossos recém-avermelhados de batom, fisgava a natureza influenciável do diretor. Porém, o carro se aproximou do hospital, e o pisciano readquiriu o autocontrole e voltou a nadar nas águas estagnadas. A estagiária desceu, ele retomou a marcha, entrou na Praia de Belas e dobrou à direita.

Entrou em casa, a mulher assistia à telenovela.

— Oi, Édi. Acabei de ligar pro hospital, ela está bem, deve voltar pra casa dentro de um ou dois dias.

— Que bom.

— Chegou o bercinho. Já arrumei ao lado da cama da Vânia. Acho que vou tirar mais uns dias de atestado pra ficar com ela.

— Tu que sabes.

Sentou-se no sofá, a mulher voltou ao drama fictício. Permaneceu por mais um instante calado, respirou fundo.

— Mercedes, vou perder o meu cargo de diretor.

A esposa desligou o aparelho.

— Por que, Édi?

— A vara vai ser extinta, o doutor Aristides vai embora.

— Logo agora? Será que tu não arrumas uma colocação com outro juiz?

— Eu não vou pedir favor pra ninguém.

— Édi, tu devias ser mais sociável com as pessoas. No meio profissional, isso é muito importante.

Percorreu a sala com o olhar à procura de algo para ocupar a visão e não precisar encarar a esposa, e deu com os olhos no peixe que se agitava dentro das paredes do aquário. Na falta de resposta, a esposa convidou:

— Vamos jantar?

— Vou tomar banho primeiro.

E caminhou a passos lentos pelo corredor.

Capítulo 3

Primeira segunda-feira do ano de 2003. Edimar perdeu o sono ainda de madrugada, mas permaneceu na cama até a mulher levantar.

Mercedes saiu cedo para o supermercado. Sozinho em casa, ele combatia a preguiça com o jornal. Enfastiou-se da leitura, o relógio marcava pouco mais de nove horas. A ideia de procurar dona Marisa reapareceu como alternativa para fugir do tédio. Quando saiu do shopping, no sábado, decidiu não pensar mais no assunto. No entanto, passado o primeiro impulso de aversão ao velho Antenor, ponderou que, na verdade, não conhecia quase nada da vida do pai no período posterior à vinda para Porto Alegre. Pensando bem, nem de antes. O pai reproduzia em casa a mesma conduta professoral da sala de aula, e o filho desfrutava as vantagens de discípulo predileto, mas sem muita intimidade. A imagem que guardava do pai foi construída sob influência da veneração de uma autoridade inquestionável, e assim perdurava desde o dia que partiu da casa paterna, aos vinte anos. Por outro lado, considerava meio ridículo um homem de mais de cinquenta anos se aventurar no resgate da imagem do pai já morto há tanto tempo. Mergulhado nesse remoinho, folheava as páginas amarelas da lista telefônica à procura das casas geriátricas. Achou duas em Ipanema com nome de santa. Na primeira, não havia nenhuma dona Marisa. Na segunda tentativa, descobriu uma hóspede com esse nome, natural da região de Livramento. Devia ser ela. A voz ao telefone advertiu, no entanto, que dona Marisa só recebia o filho e mais ninguém. Edimar apelou para o sentimentalismo, gostaria de rever uma grande amiga do pai. A voz do outro lado se manteve firme, não podia fazer nada sem a autorização do filho. Ele se dispôs a uma entrevista prévia com o responsável pela paciente, mas a voz recalcitrava.

— Olha, o máximo que eu posso fazer é falar com o doutor Marcos. Vamos combinar o seguinte, o senhor me liga amanhã de manhã, que eu lhe dou uma resposta. Como é mesmo o seu nome?

Enunciou o nome dele, o nome do pai e reafirmou a importância do pedido.

— Ok, seu Edimar. Até amanhã então.

O dia transcorreu sem mais novidade. O almoço em casa com a mulher, a volta ao trabalho, reencontro de colegas, cumprimentos convencionais e ainda votos de felicidade pela entrada do novo ano. Ligou o computador, e o expediente escorreu lento entre números de processos, despachos e sentenças. No meio da tarde, para reagir aos ataques de sono, levantou e serviu um cafezinho. Aproximou-se da grande janela de vidro e o olhar se perdeu nos barracos da favela atrás do prédio, um amontoado de casebres de madeira velha, lona e latão, uma ilha de miséria cercada por todos os lados por ostentações arquitetônicas do poder público e autarquias federais.

À noite, em casa, a mulher assistia à novela, e Edimar se trancou na biblioteca. Abriu a porta de um armário acoplado à estante e puxou uma pilha de pastas de plástico. Despejou o conteúdo de uma e encontrou as marcas do antigo professor de história: apontamentos, resenhas. Pegou a próxima.

— O que estás procurando, Édi?

A mulher entrava nesse momento sem ser notada.

— Estas pastas aqui têm muita coisa velha. Eu preciso achar uns papéis antigos, umas notas que fiz.

Sem dar maior importância, a mulher soltou um bocejo e já se dirigia ao quarto.

— Mercedes, tu lembras de ter ouvido sobre alguma amiga do meu pai chamada Marisa?

— Não. Vi teu pai tão poucas vezes. Naquela época, eu lecionava em três turnos, lembra? Nem tinha tempo pra mais nada.

Ele continuou a vasculhar pastas.

— Mas por que tu perguntas isso?

— Ah, nada demais. Um advogado que eu conheci hoje disse que era filho dela.

A mulher continuava parada na frente dele, cara de sono.

— Bem, Édi, vou pra cama. Boa noite.

A procura se prolongou por mais algumas horas. Recortes de jornais com participação de falecimento, cartões de pêsames, cartas de ex-alunos, uma coleção de lembranças no fundo de um armário há tantos anos. E até umas cartas enviadas pela mãe, com relatos da vida doméstica. Mas nenhum vestígio ou referência a algum trabalho além das atividades de professor. E nem rastro de qualquer amiga. Pensou em esquecer, mas aquela busca serviria também para fugir da mesmice do dia a dia. Ligar para o telefone indicado pelo velho Antenor seria inútil, pois as perguntas eram as mesmas. Achar dona Marisa tornou-se uma necessidade vital, que excitou o espírito de Edimar pelo resto da noite.

Despertou já dia claro e, mal se viu sozinho, correu para o telefone. Assim que se identificou, a mesma voz do dia anterior abortou expectativas.

— O doutor Marcos está de férias, só volta no dia 15.

Mais uma vez, a vida de Edimar entrou no compasso de uma espera. Havia meses, ansiava pelo fim de fevereiro, quando atingiria a idade legal para se aposentar. Durante a semana, contentava-se com a expectativa da visita da neta para um passeio no parque, um sorvete no shopping. Isso se o clima permitisse. Em dias chuvosos ou nublados, a folga se arrastava entre cochilos na frente da televisão, refeições silenciosas, recheadas apenas pelo queixume da esposa contra o custo de vida, a qualidade dos produtos e o atendimento do supermercado. No trabalho, submetia-se aos mesmos diálogos, pautados pelas manchetes do dia. Além de Edgar, única pessoa a quem falou de seu dilema, não se expunha com mais ninguém, o que tornava a rotina ainda mais enfadonha.

Numa tarde de sábado, Edimar tomava um cafezinho enquanto a esposa retirava a louça do almoço. A nebulosidade que pairava acima dos prédios vizinhos e o abafamento do mormaço induziam à sonolência. Edimar reanimou-se ao ouvir barulho na fechadura na porta. A esposa acudiu à entrada.

— Oi, mãe. Oi, pai.

A filha, apesar de já ter a própria casa havia quase cinco anos, ainda usufruía o direito de livre acesso à casa dos pais.

— Passei rápido só pra dar um oi, e já vou embora. Vim ao shopping buscar um telefone celular novo que encomendei.

A mãe largou os pratos na pia, o pai voltou ao estado de indolência. A filha prosseguiu no deslumbramento com as compras.

— De passagem na frente de uma vitrine, vi uma blusinha muito linda, não podia deixar de experimentar, e aproveitei a promoção, olha só, mãe, que amor. Esta semana, consegui entrar no meu vestido dos tempos de solteira, e comprei a blusa pra combinar.

E sem que a mãe pudesse avaliar a beleza da roupa, ela desapareceu no corredor, entrou no banheiro. Mercedes percebeu mais um embrulho junto com a bolsa da filha e foi averiguar. Encontrou uma sacola cheia de livros infantis, com figuras de animais selvagens. A filha voltou enfiada dentro da blusa nova. Era branca, cobria até acima do umbigo. Falava ao celular com o marido, contava das compras e prometia estar de volta em poucos minutos. Em reação à bisbilhotice da mãe, informou.

— Comprei esses livrinhos pra minha filha. Ela viu no canal da Discovery uns animais desconhecidos e ficou encantada. Queria saber onde tem aqueles bichos.

— Coitadinhas dessas crianças de hoje, só conhecem animais pela televisão.

Vânia deixou a mãe ocupada dos próprios suspiros e correu para frente do espelho do chapeleiro. Edimar observava a filha. Ela girou para contemplar o próprio perfil de um lado, voltou-se para o outro lado e, de frente, mirou o reflexo do ventre à mostra, com um trejeito de aprovação.

— Édi, quem sabe a gente vai com ela ao zoológico de Sapucaia no outro fim de semana? Assim, tu aproveitas pra sair um pouco.

— Acho que precisas perguntar pros pais dela antes.

Vânia interveio rápida, sem desgrudar do espelho:

— Por mim, tudo bem. Acho que o Celso não tem nenhum programa. A gente anda trabalhando bastante, até nos fins de semana.

A filha se despediu e, na entrada do elevador, cruzou com o porteiro do prédio, que chegava com uma furadeira na mão. Edimar observou surpreso a entrada do outro, mas Mercedes se adiantou:

— Eu pedi pro seu Dino fazer uns furos na parede e trocar esses quadros, eles estão muito altos, fica ruim de limpar. Seu Dino, quando for pintar essa parede, o senhor coloca uma massa nos furos que ficaram.

O homem submeteu-se a tudo em monossílabos afirmativos. O marido permanecia à beira da mesa, excluído daquele contrato informal de trabalho. A esposa ressaltava os pormenores previstos para a nova decoração da sala.

— O que tu achas, Édi?

— Acho que tu já decidiste tudo sozinha, sem me consultar.

Deu de ombros, levantou e saiu aos tropeços rumo ao quarto.

A primeira quinzena de janeiro chegou ao fim com os retoques na pintura da sala. Edimar se sujeitava aos ataques reformistas da esposa e compensava a falta de autoridade dentro de casa com uma indiferença infantil aos novos arranjos. Por isso, naquele dia 15 pela manhã, mal a esposa bateu a porta para ir à feira, ele correu ao telefone como quem corre a uma saída de emergência.

Agendou um horário com o doutor Marcos para o fim da tarde. O trânsito congestionado, carros em marcha lenta, atropelos, buzinas, gritaria. Edimar aguentava tudo sem queixas. Quase uma hora até o estacionamento na Rua Padre Chagas. Na portaria, identificação, o número do andar, sala.

Na recepção da clínica, uma moça desejou-lhe um bom dia com um sorriso profissional.

— Meu nome é Edimar, eu marquei um horário com o doutor Marcos.

A recepcionista observou o recém-chegado e alertou que havia outro médico com o mesmo nome no prédio. Diante da certeza de Edimar, informou:

— Aqui é um consultório de ginecologia.

Ele apressou-se em explicar que se tratava de um caso particular, ele tinha ligado direto para o médico. De volta à simpatia sorridente, a moça pediu que aguardasse. Mais uma fatia de tempo gasta em espera, a contemplar um vaivém de mulheres de várias idades no consultório. Num porta-revistas ao lado da entrada, apanhou uma publicação qualquer. Repassou folha por folha, sem se deter em nenhuma matéria. Refugou a leitura, recostou-se na cadeira, e as pálpebras começaram a cair.

Despertou sozinho na sala, quando uma voz chamou seu nome. À sua frente, um homem jovem, de guarda-pó, a mão estendida. Edimar cumprimentou e entraram no consultório. O médico indicou a cadeira e, sem fazer nenhum rodeio, externou sua incerteza de poder ajudar em alguma coisa. Edimar resumiu o problema. Só queria saber se os tais documentos existiam mesmo e, em caso afirmativo, do que tratavam e por que alguém andava atrás deles.

— Eu nem sabia da existência deles. Tu sabes de alguma coisa?

— Quando minha mãe veio morar comigo, senti que ela andava preocupada. Achei que fosse doença. Um dia, escutei uma conversa dela ao telefone com uma parente de Santa Maria. Ela dava instruções de como a outra deveria agir caso fosse procurada. Pressionei, ela acabou mencionando sobre um velho que queria uns estudos, anotações de pesquisa, feitos por um professor amigo dela, mas que ela havia mandado tudo para a família do tal professor em Porto Alegre. Daí em diante, não pensei mais no assunto.

— Eu sou a família do tal professor em Porto Alegre,

e nunca recebi nada. Sendo assim, os documentos, estudos ou pesquisas existem.

— Parece que sim. Ou pelo menos existiram. Talvez tenham se perdido nos correios, endereço errado, alguém jogou fora, sei lá.

— Ou talvez tua mãe tenha mentido.

O médico reclinava-se na poltrona, na segurança de domínio de seu pequeno reino. Ao ouvir a insinuação de desonestidade da mãe, saltou à frente, braços cruzados sobre a mesa, o olhar fulminou o outro. Edimar se apressou em consertar a situação:

— Marcos, seja lá o que tenha acontecido, o certo é que alguns documentos importantes foram produzidos pelo meu pai há muitos anos e desapareceram. Talvez eles me pertençam. E a única pessoa que pode me dar uma informação é a tua mãe.

O médico relaxou a face, contraída pela palavra mal escolhida por Edimar.

— Eu faço visitas regulares à minha mãe nas sextas-feiras. Se quiseres, podes ir comigo na próxima, mas não prometo nada. Ela anda meio estranha, não diz coisa com coisa.

Edimar se comprometeu a esperar Marcos às nove da manhã em frente ao Praia de Belas. Marcos exibia um humor mais descontraído. Falava bastante, parecia um amigo de longa data. De repente, passou a discorrer sobre a situação da mãe. Ela nem era muito velha, se internou na casa geriátrica por vontade própria. Quando ele viajou aos Estados Unidos para fazer a especialização, ela ficou sozinha e optou por ir morar naquela casa, lá recebia bom atendimento, encontrava gente da idade dela, tinha médico disponível uma vez por semana, e era um lugar muito agradável, com segurança. Contou tudo isso sem ser questionado, como se precisasse justificar o fato da mãe estar num asilo de idosos.

— Não é asilo. É um tipo de spa, entende?

Edimar se lembrou da própria mãe, uma dona de casa que minguou uma vida inteira à sombra do marido. Com a viuvez, ela se retirou na casa de uma irmã, em Bagé, e lá definhou por mais alguns anos. De certa forma, Edimar também tinha abandonado a mãe.

O carro entrou numa rua arborizada perpendicular à orla do Guaíba. Rodou mais uns cem metros e dobrou noutra ruazinha sem saída, ladeada por casas antigas com pátios grandes. A construção onde funcionava a casa geriátrica devia ter mais de cinquenta anos. Na frente do prédio, um pátio com britas para estacionamento. Na recepção, encontraram a amabilidade formal de uma senhora e a sugestão de esperarem no jardim. Ela iria buscar a dona Marisa. Atravessaram a sala e entraram num anexo nos fundos da casa onde havia alguns bancos de praça cercados de flores. Marcos sentou num dos bancos, Edimar permaneceu de pé, ao lado de uma roseira. De repente, o olhar de Edimar acompanhou o movimento brusco de Marcos, que se dirigia à porta, de braços abertos. E lá avistou, parada na soleira, uma senhora magra, baixa, aparência frágil, mas com aspecto saudável. O filho abraçou a mãe, beijou-lhe o rosto, cumulou a velha de perguntas sobre o estado de saúde. Ela noticiava "estou ótima, muito bem, graças a Deus" e retribuía os beijos. Marcos conduziu a mãe pelo braço até o banco, sentou ao lado dela, cheio de mimos e atenções, até certificar-se de que ela estava bem confortável. Edimar limitou-se ao papel de espectador da cena. Pareceu-lhe um exagero de prevenção, pois, como o próprio Marcos lhe disse antes, a dona Marisa não apresentava sinais de doença séria. Marcos se prolongou por alguns minutos ainda em agrados, onde intercalava carinho filial com os cuidados de médico. Terminado o interrogatório sobre a saúde e o bem-estar da mãe, apresentou o companheiro.

— Mãe, eu trouxe um amigo meu, que queria conhecer a senhora.

— Ah, como vai?

Edimar gaguejou um monossílabo e olhou para Marcos, um pedido implícito de orientação sobre o que devia fazer. Marcos entendeu o apelo.

— Mãe, o Edimar é filho do professor Ariosto, aquele amigo seu, lá de Santa Maria.

A velha analisou a figura de Edimar por um instante sem dizer nada. Um olhar inexpressivo negava qualquer indício de lembrança. Edimar esperou. De repente, os lábios finos estamparam um sorriso vago de quem consegue desvendar um enigma.

— É muito parecido, mesmo. Ah, o professor! Que saudade eu sinto das aulas dele. Eu nem era aluna, mas pedia para assistir às aulas. Um homem tão inteligente, tão gentil. Tão sedutor.

A corrida de Edimar enfrentou o primeiro obstáculo.

Ele viu naquela confissão um sinal de caduquice. Na lista de adjetivos atribuídos ao pai não entrava o de sedutor.

— Mãe, o Edimar gostaria de falar com a senhora sobre uns relatórios que o pai dele estava escrevendo e ficaram com a senhora. A senhora falou que tinha enviado para Porto Alegre, mas ele não recebeu nada até hoje.

— Para mim, o professor só escrevia cartas. Ai, meus Deus. O professor escrevia cartas tão lindas. Era tão romântico.

Marcos atalhou, fez sinais de que a mãe estava fora do juízo perfeito. Edimar, já tomado de desânimo, descansou no banco ao lado da velha. O filho insistiu ainda mais uma vez, mas mudou a tática. Tentou puxar a mãe à realidade, falou de coisas triviais, perguntou sobre o tratamento da clínica, sobre alimentação, elogiou o vestido, disse que ela estava muito bonita. Retomou ao ponto inicial, numa preleção cheia de pausas e ênfases, como se explicasse um tema difícil a uma criança.

— Mãe, é o seguinte. O Edimar quer saber de uns documentos que o pai dele escreveu. Ele pediu que a senhora enviasse para Porto Alegre depois que ele morresse.

— Ah, meu filho. É bobagem daquele velho caduco. Já disse que nunca existiu nada disso.

E perdeu-se num delírio intercalado por soluços e lágrimas. Marcos achou melhor conversar a sós com a mãe nos aposentos dela e pediu que o companheiro esperasse no carro. A entrevista não acrescentava nada de novo, apenas enchia de dúvidas a cabeça de Edimar. O pai romântico e sedutor? Não combinava com a imagem que ele guardava na memória, de um professor sempre debruçado sobre livros, o orador de discursos didáticos sobre passagens importantes da história do Brasil. Nem com a de marido conservador, que escolheu para esposa uma mulher frágil e dependente. Talvez a velha estivesse caduca. Mas ela se referiu ao outro velho. Tratava-se, com certeza, de Antenor. Portanto, havia alguma coisa. Edimar esperou no pátio da frente. Caminhava de um lado a outro, decepcionado. Mal entraram no carro de volta, ele interpelou o médico:

— Afinal de contas, Marcos, quem é a tua mãe? Que tipo de relação ela teve com o meu pai?

— Ela está fora do juízo, não fala coisa com coisa. Eu fiz o que pude.

— Ela mencionou o outro velho. E tu mesmo falaste que ela já tinha se referido a ele antes.

— Olha, Edimar, eu vou ser franco contigo. No passado da minha mãe, existem episódios dos quais eu não me orgulho, mas é o passado dela, eu não tenho o direito de julgar pelo que ela fez antes de eu vir ao mundo. Só não tenho nenhum interesse em ficar fuçando nessas coisas, entendeu? Eu prometi te trazer até aqui. Não deu em nada, não é culpa minha.

Edimar já se dava por derrotado. Marcos cumpriu a promessa, é verdade, mas se mostrou mais interessado em se ver livre da tarefa do que em ajudar de fato. A impaciência e a abordagem brusca traduziam isso. Não demonstrava a menor sensibilidade. Talvez quisesse proteger a mãe. Essa hipótese se desdobrou em mais duas, que passaram a martelar na cabeça de Edimar. A primeira: Marcos omitia algo importante. A segunda: o velho do shopping era mais do que um simples conhecido de seu pai. Então, Edimar concluiu que precisava apelar para uma estratégia dramática.

— Marcos, comigo acontece o contrário. Eu sempre me orgulhei muito do meu pai, um intelectual, um homem conhecido e muito respeitado, sobretudo pelo pessoal da esquerda. Quando eu era guri, sonhava em ser como ele, seguir os passos dele. Até fiz o mesmo curso e cheguei a ser professor de história. Mas, nos anos 70, ele foi preso, voltou pra casa muito diferente. Ele nunca confessou, mas sempre desconfiei que foi torturado. Mais tarde, eu casei, nasceu a minha filha, e naquela enorme instabilidade política e econômica que a gente vivia, troquei os sonhos de adolescente pela segurança e a estabilidade do serviço público. Durante vários anos, vivi cheio de remorso por isso, me sentia um traidor do meu pai. Agora, eu tenho a desconfiança de que ele exercia outras atividades, além de professor, que eu desconheço. E eu preciso muito saber o que é. Será que dá pra gente chegar a um acordo?

Havia muitos anos que Edimar não falava com tanta franqueza diante de alguém. Nem lembrava a última vez em que havia se exposto de maneira tão dolorosa. Marcos ouviu calado. Livrou-se da pose de indiferença do primeiro encontro e prometeu falar de novo com a mãe para ver o que descobria. O motorista precisou atentar ao trânsito por causa de um engarrafamento. Assim que o fluxo andou livre, ele se voltou para Edimar e acrescentou, meio envergonhado:

— Minha mãe foi amante do teu pai. Por enquanto, é só isso que eu sei.

Capítulo 4

No Centro de Porto Alegre, uma multidão formigava nas ruas. Gritaria, xingamentos, queixas. A cada passo, impropérios de transeuntes. Agora é isso, dizia um, aos berros. Todo mundo faz greve, ninguém mais trabalha, e a gente que espere um dia inteiro por uma condução. Apesar do governador ter prometido na televisão que haveria transporte coletivo suficiente, as paradas de ônibus haviam se transformado em pontos de protesto contra o descaso dos serviços essenciais e o descrédito das autoridades, que não tomavam providências para pôr fim à desordem. Uma arenga tão confusa quanto a diversidade de tipos que confluíam aos pontos de embarque.

Edimar descia a Doutor Flores para o lado da Praça Rui Barbosa. Caminhava indiferente ao queixume. A proximidade entre a moradia e o trabalho lhe permitia fugir do desconforto entre os passageiros confinados nos ônibus. Sem empatia nem repulsa, abriu caminho entre os passantes. Enxergava nos pedestres apenas postes em movimento, dos quais precisava desviar. No ambiente de trabalho, encontrou um clima diferente, a greve geral parecia ser ignorada na repartição. Ouvia apenas a notícia de que alguns colegas comunicaram um possível atraso, mas, no mais, tudo corria dentro da normalidade. Alguém comentou que, com aquela bagunça toda, talvez o novo funcionário, que tomaria posse, nem viesse.

— Conseguiste chegar bem, Edimar?

— Sim, eu moro na Cidade Baixa, venho sempre a pé.

Edimar sabia que, naquele agrupamento de indivíduos à sua volta, uma greve geral não produzia muito alvoroço. A opção pela segurança do serviço público eliminava algumas possibilidades, até mesmo de debate, numa época em que reivindicações classistas ainda eram consideradas casos de polícia. Além disso, as notícias de desordem no polo industrial paulista e o exército de prontidão em São Paulo eram mostradas de maneira ostensiva pelo noticiário televisivo no dia anterior. Melhor falar das enchentes que inundaram o estado nos últimos dias. Melhor pegar um cafezinho e enterrar a cabeça na rotina do trabalho.

Pelo meio da tarde, a chegada de um novo servidor balançou um pouco o marasmo da secretaria. A chefe do gabinete recepcionou o recém-chegado e pediu a audiência dos demais para a apresentação de praxe.

— Pessoal, esse é o Edgar. Ele só conseguiu chegar agora por causa da greve.

Apresentou o servidor estreante de mesa em mesa. Ele cumprimentou a todos sem a cerimônia costumeira do local, apertou a mão de cada colega como se fosse um grande amigo e, em cada cumprimento, tinha um agrado, um elogio. Terminado o ritual das apresentações, a diretora acomodou Edgar numa mesa ao lado da de Edimar e iniciou a delegação de tarefas. A rotina do ambiente voltou à monotonia logo em seguida, e só foi quebrada mais tarde, quando o telefone na mesa da diretora tocou.

— É pra ti, Edimar. A ligação está péssima.

Ele atendeu, se identificou. Os colegas ouviram apenas alguns monossílabos, sem identificar a conversa. "Sim, sim... Quando? Certo... Eu vou, sim". Desligou o aparelho e anunciou que precisava ir embora com urgência. Saiu às pressas, sem dar nenhuma explicação a ninguém.

Na Rua Siqueira Campos, entrou no primeiro táxi que apareceu e, antes que o motorista dissesse qualquer coisa, pediu:

— Para a João Pessoa, lá perto do Cine Avenida.

Ainda se viam pedestres em circulação; as paradas cheias de gente à espera de ônibus; policiais da Brigada Militar em desfile sobre montaria não deixavam dúvidas sobre a determinação de manter a ordem. O trânsito de veículos se arrastava em marcha lenta. Edimar se impacientava, o taxista justificava a lentidão:

— Essa porcaria de greve só atrapalha a vida de todo mundo, tem pouco ônibus, todo mundo pega o carro do fim de semana e sai pra rua, muito velho e dona de casa no volante, é uma confusão dos diabos.

Edimar não dispunha de ânimo para teorias sobre o caos urbano em que a cidade se encontrava. Com muita dificuldade, o táxi percorreu o trajeto do Centro, contornou a rodoviária, entrou pelo Túnel da Conceição e chegou à Sarmento Leite. Assim que alcançou a João Pessoa, o passageiro não se conteve mais, pagou a corrida e se justificou:

— Olha, vai demorar muito, daqui eu vou a pé.

Desceu e desatinou numa corrida, mas logo enfrentou um novo congestionamento, agora de militantes de camisetas vermelhas, que agitavam bandeiras e distribuíam cartazes. Desviou dos obstáculos humanos, recusou panfletos, protegeu-se das bandeiras que lhe atingiam o rosto. O desespero e a pressa moldavam a postura curvada quando ele entrou numa porta aberta que dava para uma grande sala, onde havia várias mesas rente às paredes, com cadeiras à frente, e pessoas que falavam todas ao mesmo tempo. Um rapaz de cabelos compridos se aproximou e ofereceu ajuda.

— Minha mulher é professora, está aí na assembleia, eu preciso urgente falar com ela. Ela se chama Mercedes.

— Eu vou pedir pra chamar, mas, enquanto isso, tu queres assinar aqui um abaixo-assinado pela volta das eleições diretas pra presidente da República?

— Eu já assinei um. Agora, por favor, chama minha mulher urgente.

O rapaz desapareceu por uma porta na parede do fundo e Edimar estacou, alheio ao vaivém de pessoas que riam, gritavam, protestavam. Era como uma das mesas da sala imune ao movimento que transcorria à sua volta. Nem notou a mulher que se aproximava.

— O que foi, Édi?

— Ligaram de Santa Maria. O meu pai morreu.

— Espera um minuto, eu vou pegar a minha bolsa, temos que buscar a Vânia na creche.

— Não, eu vou sozinho. Eu só vou passar em casa, pegar uma roupa e já vou.

Sem esperar a resposta, repeliu a companhia da esposa e, em poucos minutos, entrou no prédio onde morava.

Quando Edimar chegou à rodoviária, a noite já havia dispersado a multidão que congestionava as ruas durante o dia, e o trânsito fluía livre. Comprou uma passagem para as vinte e uma horas. Acomodado na poltrona do ônibus, conseguiu relaxar. Lembrou dos últimos dias em que viveu na pequena cidade do interior e o planejamento da partida para Porto Alegre; o ingresso na universidade da capital e os primeiros passos longe do olhar do pai. As recomendações quase infantis da mãe para que não esquecesse de se alimentar, que levasse a roupa todos os sábados na lavanderia. Mas recordava com mais intensidade os conselhos do pai para que fosse seletivo na escolha de amigos, que tivesse muita cautela com quem andava. E, sobretudo, as palavras de alerta na véspera da partida:

— E não precisas provar a ninguém o que és, nem o que pensas. Vivemos uma época muito difícil, não se pode confiar em ninguém.

Essas recordações da vida familiar dominaram a mente de Edimar até a madrugada, quando desembarcou em frente à casa paterna. De chegada, reconheceu alguns parentes que se misturavam a desconhecidos na entrada do pátio. Recebeu cumprimentos, pêsames, e foi direto para o centro da sala onde repousava o caixão, cercado por uma fila de cadeiras. Aproximou-se, acariciou as mãos do defunto cruzadas sobre o peito. Um arrepio percorreu-lhe o corpo quando se viu espelhado no rosto do velho. Os anos de ausência lhe definiram melhor as feições, cada vez mais parecidas com as do pai. Só então se deu conta da presença da mãe, que murmurava uma ladainha, de olhos fechados, um crucifixo entre as mãos, na fila de cadeiras no outro lado. Contornou o ataúde, tocou de leve o ombro da mãe; ela abriu os olhos e se protegeu nos braços do filho. Edimar envolveu a mãe contra o peito, como um dever que lhe competia. Eterna coadjuvante na vida do marido, até as demonstrações de afeto precisavam ser sancionadas por ele, de maneira que Edimar via na própria mãe apenas alguém com quem o pai dividia sua atenção. Ao partir de casa para tentar a vida sozinho, viu a figura materna misturar-se com outras tantas lembranças de infância. Conduziu a mãe até a cozinha, onde havia mais espaço. Uma tia tomara conta da administração doméstica e tratava de atender as visitas. Edimar cumprimentou a parenta, de quem tinha poucas lembranças. Ela vivia num sítio, na região de Bagé, onde Edimar passou algumas férias de colégio. Havia mais de dez anos vivendo em Porto Alegre, perdera contato com os parentes e tornara-se um verdadeiro estranho, a ponto de se sentir um intruso naquele ambiente em que, no passado, era acolhido com tanto conforto.

Recuperada do primeiro momento de crise emocional, a mãe retomou seu papel de provedora do bem-estar do filho.

— Não estás com fome, meu filho? Vou preparar uma janta. E a Mercedes, por que não veio? E a minha netinha?

— Não, mãe, estou sem fome, não quero nada. A Mercedes está bem, mas não pôde vir. A Vânia está na creche e também frequenta uma escolinha de balé.

Durante o resto da noite, Edimar fez companhia para a mãe ao lado do caixão. Apesar das insistências da tia, não quis se recolher ao seu antigo quarto para descansar, mesmo com o frio daquela madrugada de julho. Por mais de uma vez, a cabeça caiu sobre o peito, mas ele resistiu até o fim. Já raiava o dia quando levantou e foi até a cozinha espantar o sono. Sorvia um café quando a tia se aproximou.

— Edimar, eu vou levar a tua mãe pra morar comigo. Ela não tem mais ninguém aqui.

O café quente e forte aliviava um pouco a fadiga, tanto quanto a decisão da tia de dar assistência para a irmã desamparada.

— Muito obrigado, tia. Vai ser melhor pra ela. Comigo em Porto Alegre, ela ficaria trancada no apartamento.

O enterro foi marcado para as dez horas da manhã. A cerração ainda cobria a visibilidade quando o cortejo fúnebre desfilou pelas ruas até o sepulcro. Edimar segurava uma das alças da frente do caixão. O trajeto até o cemitério, que Edimar fizera inúmeras vezes no passado, parecia agora de uma extensão insuportável para vencer a pé. Os cumprimentos de pessoas estranhas, os pêsames protocolares, as choradeiras, tudo contribuía para tornar a caminhada ainda mais cansativa.

A procissão ultrapassou o portão do cemitério e subiu a ruela de paralelepípedos. Próximo ao túmulo, o caixão foi acomodado sobre um estrado de madeira para as últimas despedidas. Edimar se afastou da aglomeração humana. A mãe se aproximou, contemplou o defunto pela última vez e foi amparada pela irmã. Edimar não conhecia toda aquela gente que disputava o último contato com seu pai. Sabia que o pai fora muito admirado, ex-alunos dele já se destacavam no meio acadêmico, mas aquele acotovelamento parecia exagero. Procurou pela mãe e encontrou-a nos braços da irmã. Nesse momento, ouviu uma voz que pedia licença. Notou um homem de uns quarenta anos, vestido de terno escuro. O estranho se acercou do caixão e, no ritual da despedida fúnebre, lamentou a perda de um grande intelectual, que ensinava a verdadeira história do Brasil. Calou e se afastou para o lado, a poucos passos dos familiares. Edimar ouviu que o homem discursava para um grupo. Aguçou o ouvido e captou algumas palavras em que o desconhecido enaltecia as qualidades do professor:

— Grande mestre que aqui jaz e que tanto contribuiu para tirar a juventude do obscurantismo e da ignorância ufanista que cobre a nossa história nos últimos tempos. Nada mais triste do que um povo que não conhece a sua história.

— Mãe, quem é esse sujeito?

— É um amigo do teu pai.

Terminada a homenagem, o caixão foi lacrado e conduzido à sepultura. Edimar não tinha mais nada a fazer ali. Estendeu o braço por cima dos ombros da mãe.

— Acabou, mãe, vamos embora.

A velha ainda relutou, olhou mais uma vez para os homens que cobriam com massa e cal a entrada do túmulo, mas cedeu à condução do filho. Apenas alguns passos adiante, ouviram a mesma voz que pedia licença. Edimar se voltou, e o homem do discurso se apresentou:

— Tu deves ser o filho do falecido. Gostaria de apresentar os meus pêsames.

Edimar agradeceu. O homem cumprimentou a viúva e, com a naturalidade das pessoas decididas, assumiu o lugar do jovem na condução da senhora e apontou o caminho em frente. Os três seguiram lado a lado. Edimar, afastado da condição de protetor, caminhava mudo.

— Eu queria lhe agradecer a sua presença. Eu sei que o senhor é um homem ocupado.

— Ora, não se preocupe. Hoje em dia, não sou tão ocupado assim. Além disso, não fiz mais do que a minha obrigação. Como a senhora sabe, eu e o professor mantínhamos uma amizade bem sólida, desde aquele incidente deplorável de alguns anos atrás.

— Édi, esse é o doutor Aristides. Foi ele quem ajudou a tirar teu pai da cadeia aquela vez.

Edimar murmurou um "muito prazer". A mãe esclareceu ao doutor Aristides.

— O Edimar mora em Porto Alegre há vários anos, nem conhece mais ninguém aqui.

— A capital é o destino de todo jovem do interior que quer crescer na vida. Seguiste a carreira acadêmica também?

— Não. Sou funcionário público, trabalho na Justiça Federal.

— Mas que maravilha. Então, somos colegas. No momento, estou em licença para tratamento médico, mas atuo na Magistratura Federal. Espero poder retribuir a grande amizade que teu pai me dedicou.

Atingiram o portão de saída, e o magistrado conduziu

mãe e filho ao seu automóvel. Uma insinuação de recusa de Edimar foi ignorada pelo cavalheiro que já acomodava a senhora no banco da frente e convidava o jovem a entrar na porta traseira. Durante o trajeto, doutor Aristides ainda relembrou momentos da amizade com o professor Ariosto e as vezes que recorreu a ele para esclarecimentos sobre fatos da história do Brasil. No final, se colocou à disposição da viúva para qualquer coisa que precisasse. Edimar agradeceu aquela demonstração de amizade e, sem ter mais o que dizer, convidou o juiz a visitá-lo um dia, caso fosse a Porto Alegre. Despediram-se na frente da casa. Ao entrarem, encontraram a tia com algumas malas espalhadas pelo chão e o roupeiro da mãe já quase vazio.

— Eu vim na frente pra adiantar tudo. Gostaria de ir embora hoje ainda.

Logo após o almoço, lotaram um táxi a caminho da rodoviária. No desembarque, Edimar carregou as malas e correu a providenciar as passagens. O ônibus para Bagé estava estacionado no boxe de partida; as velhas embarcaram, Edimar acompanhou. Tudo em ordem, o motor do veículo roncou. Edimar abraçou a mãe e prometeu uma visita para breve. Desceu, o ônibus se afastou. Pela janela, ele ainda via a mão magra que abanava. Ele permaneceu ali parado ainda por certo tempo e guardou na lembrança aquele momento, a última vez que viu a mãe viva.

Capítulo 5

Durante mais de uma semana, Edimar guardou segredo sobre a visita a dona Marisa. Não quis contar à esposa para não aumentar mais ainda o nível de ansiedade dela, uma pessoa para quem as necessidades imediatas do cotidiano já significavam preocupação; a filha já tinha os próprios problemas para resolver e, com o genro, a relação nunca ultrapassou o nível da cordialidade formal. Ele meditava sobre essas coisas numa mesa ao lado da janela da lancheria do trabalho, numa tarde de início de fevereiro, quando ouviu uma voz conhecida se aproximar.

— Salve, salve. Como vai este exemplar chefe de família?

— Oi, Edgar, senta aí. Onde tu andavas, que não te vejo há vários dias?

O velho amigo segurava uma bandeja com uma xícara de café e um sanduíche. Sentou, queixou-se de cansaço, sem vontade trabalhar.

— Tu és testemunha. Por muitos anos, resisti à moda de justificar a preguiça com licenças médicas. Eu sempre fiz questão de merecer o meu salário, cumprir as minhas tarefas da melhor maneira possível. Mas fui derrotado. Estou cansado e vou entregar os pontos.

Edimar gostava da sinceridade do amigo, o único vínculo que ele estabeleceu no ambiente de trabalho e que já durava vinte anos. Resumiu os últimos acontecimentos.

— Tu ainda não desististe dessa história?

Sem dar importância à reprimenda mascarada de pergunta, falou do encontro com Marcos, a entrevista com dona Marisa e a descoberta sobre a relação extraconjugal do pai.

— Poxa, Édi, vai ver esse médico é teu irmão. Já pensaste? Durante toda tua vida, foste o filho único do grande professor fulano de tal não sei das quantas. Um dia, aos cinquenta e três anos de idade, descobres que tens um irmãozinho. Isso é muito emocionante.

Edimar sabia da impossibilidade de uma conversa séria com o amigo e não insistiu. Edgar voltou a um tema antigo.

— É o seguinte, Édi, tu precisas te divertir um pouco. Há quanto tempo eu te convido pra sair, tomar uma cerveja, conversar, ver mulher gostosa, hein? Tu vives a vida da tua mulher, da tua filha, da tua neta. E agora a do teu pai, que já morreu há vinte anos.

E continuou a mesma cantilena já conhecida, de que a vida consistia de uns trocados no bolso, cerveja gelada no copo e mulher bonita na cama. E de hábito, acrescentava relatos de alguma conquista mais recente em algum boteco. E passou a falar de um lugar novo, recém-inaugurado, onde se podia saborear excelente comida, ouvir boa música e até dançar.

— E tu sabes, se tem pista de dança, tem muita mulher. Uma maravilha.

Os convites de Edgar para que Edimar participasse das farras eram tão antigos quanto a amizade deles. Já faziam parte de qualquer encontro, fosse no lanche, no almoço, nos elevadores. Edimar nem se dava mais ao trabalho de discutir ou justificar a recusa. Mas, na última semana, sob o impacto da declaração de Marcos, o pensamento divagou em várias direções e, numa delas, ele concluiu que a vida não precisava ser tão rígida, tão limitada. Já que o amigo era a única pessoa com quem ele conseguia se soltar um pouco, poderia ao menos desabafar, mesmo que não fosse levado a sério. E, para surpresa de Edgar, ele perguntou quando seria a próxima pândega.

— O melhor é sexta, a mulherada anda mais solta. Ainda mais neste mês, todo mundo já em clima de carnaval.

— Eu vou contigo, tomo uma cerveja, a gente conversa, e eu volto pra casa.

— Será que ouvi direito? O eremita vai se deixar picar pela serpente do vício? Já pediste permissão pra tua mulher?

— Ela vai numa dessas viagens da terceira idade pra Gravatal, só volta domingo.

— Poxa vida. Então, vou preparar uma atração especial.

Combinaram para a sexta-feira seguinte, numa espécie de bar dançante inaugurado na Avenida Bento Gonçalves. Edimar conhecia bem a natureza do amigo; por isso, não se surpreendeu com o lugar. Era uma casa antiga, transformada em salão com a derrubada de algumas paredes internas. A mobília consistia em mesas de metal que ostentavam o logotipo de uma marca de cerveja. No fundo, um estrado de madeira onde havia uma mesa coberta com uma toalha branca. Ao lado, suportes de microfones indicavam que servia também de palco. O meio da sala, um grande espaço vazio. Edgar informou que ali era a pista de dança. Ao lado de uma das paredes, havia uma jukebox. Edimar se dirigiu a um canto, onde a pouca luz sugeria um clima mais íntimo, mas foi segurado pelo braço e levado para uma mesa no meio da sala, ao lado da pista.

— Ô, Édi, tu não queres ficar sentado comigo na penumbra, né? Aquilo ali é pra casalzinho romântico.

Edimar acompanhou o amigo até o centro da sala, no meio de gente desconhecida. Espreitava todos os lados, observava as pessoas do bar. A cada cliente que entrava, ele se virava para a porta. Edgar se sentia à vontade, parecia o dono do restaurante. Escolheu a mesa mais visível, chamou um garçom, pediu uma cerveja e repreendeu a inquietação do amigo.

— O que foi, pareces nervoso?

— Eu não avisei a minha mulher que eu ia sair.

— E tu és criança pra dar satisfação de tudo?

— É que eu não gosto de sair com ela. Por isso, não acho certo andar sozinho.

— Mas escuta aqui, ela não foi viajar sozinha? Então, se ela descobrir e falar alguma coisa, diz que te bateu a tristeza sem a companhia dela e eu te convidei pra sair, daí tu aceitaste porque estavas te sentindo muito sozinho sem ela. Mulher adora ouvir esse tipo de besteira e sempre acredita.

A resistência de Edimar enfraqueceu diante do ímpeto dos argumentos do amigo. Edgar reforçou o ataque.

— Tu precisas sair sozinho, comer uma mulherzinha nova.

Um riso meio forçado denunciou o acanhamento do amigo.

— É isso mesmo. Diz uma coisa, há quanto tempo tu não dás uma boa trepada, hein?

Ele se retorceu na cadeira, o rubor da face traduziu o constrangimento.

— Eu não gosto muito desse tipo de assunto.

— Eu sei, tu gostas é dessa lengalenga da história do teu pai. A propósito, esse papo de resgatar imagem do pai, refazer a relação com o pai, descobrir a própria identidade e esse monte de besteira que os psicólogos inventaram pra tirar o dinheiro dos trouxas, isso é coisa de guri, meu amigo. Tu não te sentes muito velho pra viver esse tipo de drama? Tu precisas é de uma mulher nova e parar com essa choradeira de criança abandonada.

O garçom serviu a cerveja, Edgar emborcou o primeiro copo quase de uma vez só. Edimar bebericava, a mesma parcimônia com que fazia tudo.

— Não sei como tu consegues viver assim. Devias casar de novo e ter uma vida mais regrada.

— Ih, meu amigo, casar de novo e ficar sempre com a mesma? Já vivi essa experiência e foi um inferno. Eu gosto é de novidade, uma diferente a cada dia.

— Eu não estou interessado em saber da tua vida íntima. Além disso, não te acho tão sedutor assim.

— E quem falou em sedução? Tu achas que eu tenho tempo pra esse blablablá que a mulherada tem que ouvir pra dar de graça? Conquistar ou pagar é apenas um detalhe.

— Mas tu sempre falaste em bailes de clubes sociais.

— Escuta aqui, cara, onde é que tu tens andado esse tempo todo? Tu achas que em clube social só vai mulher direita? Em que mundo tu estás vivendo, homem? Esses bailes de coroas, por exemplo, estão cheios de garotas de programa, que fazem faculdade, precisam de uma grana extra. No fim da noite, se não consigo nada de graça, me arranjo com uma delas.

— Eu nunca paguei mulher.

— E por falar em mulher, olha só o que eu vi.

Edimar seguiu o olhar do amigo e viu na porta de entrada duas mulheres, uma loira e outra morena. Edgar abanou, a morena correspondeu ao aceno, e as duas se aproximaram da mesa. Ele se levantou, cumprimentou as mulheres, puxou duas cadeiras. A morena falou primeiro.

— Cheguei um pouquinho atrasada. Tu me perdoas, né?

— Quem sou eu pra negar o perdão a dois anjos que os céus me mandaram de presente?

— Essa é a Rose.

— E esse é o meu amigo Edimar. Édi, essa é a Jurema.

Edimar estendeu a mão num cumprimento, elas se acomodaram. Mais copos e mais cervejas abasteceram o grupo. Edgar devotou toda a atenção às duas mulheres, com gracejos e galanteios, e desamparou o amigo, que afundou num fluxo de divagações. A presença das mulheres fez emergir a relação extraconjugal do pai. Edgar percebeu o alheamento e resgatou o amigo:

— O Edimar é um grande intelectual, amante dos livros.

— É sério? Que legal. Eu admiro muito pessoas que gostam de livros. Hoje, todo mundo só quer saber de computador.

Diante do interesse da moça loira, Edimar se esquivou.

— Bobagem. Ele já bebeu um pouco hoje.

— E quando eu bebo, fico louco pra dançar.

Com os braços em volta de uma mulher invisível, com quem trocava passos de dança, Edgar caminhou até o caixa, comprou uma ficha e colocou na máquina. Jurema se sacudia ao ritmo da música, à espera do amigo. Edgar voltou para a mesa e, numa reverência caricatural, convidou a companheira, e os dois rodopiaram pelo meio da sala. Edimar contemplou o casal de dançarinos. Quando voltou os olhos para Rose, ela ondeava ao embalo da melodia, os dedos tamborilavam na mesa.

— Tu és colega do Edgar?

— Sim.

— É bom ter um emprego com estabilidade.

— É.

Um diálogo em que trocaram informações pessoais preencheu o tempo em que os dois permaneceram sozinhos. Os cabelos loiros de Rose caíam abaixo do ombro e formavam um visual atraente com os olhos verdes e os lábios grossos. O desejo de imitar Edgar e tirar a moça para dançar congelava diante da fantasia de um súbito aparecimento da esposa, cheia de censura e reprimendas.

— E tu trabalhas onde?

— Eu trabalho num escritório, mas o que eu quero mesmo é fazer um curso de estética e maquiagem no SENAC. Meu sonho é montar um salão de beleza. Se Deus quiser, no mês que vem eu começo.

A cultura de Edimar sobre maquiagens e estéticas se resumia ao que escutava da filha. Métodos de limpeza da pele, depilação, corte de cabelo e outras tantas artimanhas do universo feminino não passavam de palavras que ele ouvia de vez em quando. O abismo entre os dois se apresentava maior do que a capacidade do salto, e Edimar não desenvolveu a habilidade de voar para pousar no outro lado. Foi Edgar quem salvou a situação, pois chegava nesse momento e ouviu o fim do diálogo.

— É que ela é muito generosa, quer que todas as mulheres fiquem tão lindas quanto ela.

E antes de ouvir resposta, puxou a mulher pela mão, enlaçou-a com os braços e saiu num bailado pela sala. A morena sentou, tomou um grande gole de cerveja.

— Tu não gostas de dançar?

— Eu não sei dançar.

Edgar colocou uma nova ficha na máquina e selecionou outra música. Edimar admirava o desempenho do amigo. No fundo, nutria um grande carinho por aquele moleque que já beirava os cinquenta anos. Um homem sem conflitos, cuja vida se resumia a satisfazer as necessidades básicas dos instintos. Não dava a menor importância para a velhice próxima, não se perdia em preocupações filosóficas, dúvidas existenciais, nem temia a passagem do tempo. Quando Edimar falava sobre isso, ele replicava sempre a mesma coisa: “O melhor lugar pra passar o tempo é entre as pernas de uma mulher”.

Voltaram para a mesa. Edgar chamou o garçom e pediram duas porções de filés com batata frita e arroz. Durante o jantar, Edgar tagarelava sem parar, distribuía galanteios entre as mulheres, e Jurema ria muito. Rose falava pouco e, quando sorria, parecia mais bonita. Não tirava os olhos de Edimar. Controlava todos os movimentos e comentava qualquer coisa que ele dissesse. E quando Edgar lamentou a vida de ermitão do amigo, que não gostava de sair à noite, ela acompanhou:

— Ah, mas eu também não sou muito de sair. Saio pra não ficar sozinha, mas, quando tenho uma companhia legal, prefiro ficar no meu canto.

— Pois é, o Édi gosta mais de livros do que de gente, fica em casa lendo o tempo todo.

— Ah, eu também adoro ler.

— Bobagem do Edgar. Eu lia bastante algum tempo atrás. Hoje, quase nem leio.

— Eu só não leio mais porque, tu sabes, né, o preço dos livros é muito alto. Mas acho que vou me inscrever na Biblioteca Pública e pegar uns emprestados.

— Ô, Edi, quem sabe tu empresta uns livros teus pra ela.

— Eu ia adorar. E eu devolvo tudo direitinho e rápido.

As iniciativas de Edgar criaram um clima mais ameno e, no fim do jantar, Edimar conseguiu relaxar e se soltou um pouco. Contou das tarefas rotineiras do trabalho, da vida de casado, da filha. E quando mencionou a neta, os lábios esboçaram um sorriso, os olhos se inflamaram num esforço de brilho. Rose deve ter percebido esse resquício de alegria sugerido pela imagem de uma criança, porque começou a contar das próprias lembranças de infância, da saudade da família que deixou para trás e das esperanças no futuro.

Edgar e Jurema já não prestavam mais atenção no entrosamento dos dois, pois estavam muito ocupados um do outro. Conversavam quase em segredo, um diálogo intercalado por risinhos e olhares lascivos. Quando Rose acabou o relato, Edimar percebeu que o casal combinava alguma coisa.

Saíram os quatro juntos do restaurante, Edgar e Jurema de braços como dois jovens namorados e Edimar ao lado de Rose. O casal apaixonado se despediu e caminhou para o estacionamento ao lado do restaurante. Edimar ficou parado na frente de Rose, sem saber o que fazer.

— Bem, acho que vou pegar um táxi. Então, boa noite.

Ela seguiu caminho. Ele viu a mulher se afastar, ameaçou um passo atrás dela, mas o pé não se moveu, projetou um chamado, mas a voz emudeceu. Edgar saiu, parou na frente dele e, numa encenação de mímicas e caretas, instruiu sobre o que ele devia fazer. Então, Edimar gritou:

— Rose, eu te levo em casa.

— Ah, muito obrigada, eu moro ali no Partenon, numa travessa da Bento.

Já no volante do automóvel, Edimar perdeu um pouco da timidez. Simpatizava com a discrição daquela mulher. Na intimidade dentro do carro, relembrou os momentos de malícia vividos nas caronas para Cristina, cinco anos antes, e ansiou por uma ousadia que ele nunca teve. E o macho amortecido reagiu em espasmos inflamados de desejo. Ela usava uma blusa preta, uma saia jeans e uma sandália. Não devia ter mais de trinta anos. Se ela usasse as mesmas roupas da Vânia, ficaria linda. Essa ideia lhe provocou um arrepio de pasmo e remorso. Mas, ao mesmo tempo, uma certeza lhe atiçava o ânimo: se ele fosse Edgar, aquela aventura teria um fim previsível. Outra lembrança veio se enredar naquele emaranhado de abstrações: como teria sido o primeiro encontro do pai com dona Marisa? Como se conheceram? E qual a primeira atitude dele para tomá-la como amante? Mas ele não era Edgar, e só o que conseguiu foi repetir as perguntas sobre o trabalho dela. Ela respondeu com a mesma naturalidade de antes. Por enquanto, estava de férias, mas trabalhava num escritório de contabilidade e ajudava Jurema nas viagens ao Paraguai para trazer roupas. Assim, arrumava uma renda extra para assegurar o aluguel e a comida. E reafirmou o sonho de ter em breve o seu salão de beleza, e a esperança de que a vida seria diferente, e ela não seria mais empregada nem dormiria uma noite dentro de ônibus cheio de gente até a fronteira. Edimar evitava perguntas muito diretas sobre a vida pessoal, mas concluiu que a moça vivia sozinha, sem ninguém a quem recorrer. Aqueles sonhos tão limitados e aquela espontaneidade meio ingênua despertavam sentimentos paternais que ele não experimentava mais com a própria filha.

— Que tipo de livro tu gostas de ler?

— Eu gosto de tudo. Se quiseres me emprestar um, eu vou adorar.

— Sim, eu te empresto.

— Vou te dar meu telefone e, quando quiseres, podes me ligar.

No dia seguinte, um sábado de verão, a cidade estava vazia. Sozinho em casa, Edimar procurava algo para ocupar o tempo. Entrou no gabinete, e os livros trouxeram à mente o encontro da noite anterior. O receio de ter dado um passo em falso exortava a voltar atrás, mas, por outro lado, seria uma indelicadeza faltar com uma promessa. Num canto da prateleira, uma coleção de clássicos da literatura universal que comprara nos primeiros anos de vida em Porto Alegre. Os livros que preencheram as noites de solidão do estudante de História podiam agora servir de consolo para uma jovem com dificuldades financeiras. Separou alguns volumes, leu uns trechos e, por fim, fez uma pilha no chão. Já se aproximava a hora do almoço quando o telefone tocou. A filha vinha perguntar se ele estava bem, ela ligara na noite anterior e ele não atendera. Ele contou que saíra com um colega, a filha não se preocupasse, não precisava de nada, a mãe tinha deixado comida pronta na geladeira. Por fim, a filha convidou para um almoço na casa dela no domingo. Ele aceitou e se despediu. Largou o fone, vacilou por um instante, ameaçou sair, não saiu. Meteu a mão no bolso e encontrou o pedaço de folha de caderno com número de Rose. Levantou o fone de novo e digitou os números. Num instante, ouviu a voz no outro lado da linha. Ele perguntou se ela gostava de literatura do século XIX. Ela adorava. Então, combinaram que ela buscaria os livros no trabalho dele na segunda-feira.

Domingo, no bairro Bela Vista, a cidade parecia mais deserta ainda. Edimar não precisou se identificar, o porteiro abriu a porta e o cumprimentou pelo nome. Ao entrar no elevador, ainda ouviu a voz do porteiro que anunciava ao interfone: "Doutora Vânia, seu pai está subindo".

A chegada do avô foi festejada no corredor com a alegria da neta. Ele levantou a menina nos braços e cobriu-lhe as faces de beijos. A filha esperava na porta, cabeça erguida, olhar altivo, postura que lembrava uma dançarina de algum espetáculo musical. Ela recebeu o pai com a mesma aparência de sempre, um sorriso desenhado nos lábios, um beijo seco e a mesma frase tantas vezes proferida. "Que bom que tu vieste". Conduziu o pai até a sala.

— E o Celso?

— Ele está ocupado, mas já vem. Esta semana, trabalhamos sem parar um minuto.

Repetiu as mesmas perguntas que fizera ao telefone. Ele voltou a afirmar que estava tudo bem, ele se alimentou direito; na sexta, foi tomar uma cerveja com Edgar, o amigo do trabalho. E, no sábado, almoçou em casa; de tarde, caminhou um pouco pelo bairro e, de noite, assistiu televisão. A filha queixou-se que nem a academia frequentava mais, consumida pelo trabalho; período em que muita gente tira férias, por isso, no escritório, ela estava sobrecarregada, até aos tribunais entregar petições ela precisava ir. Além do mais, ainda faltavam as diligências para a banca, até as férias iam cancelar. E o marido não parava nunca, trabalhava até em casa. O pai se sentiu na obrigação de perguntar sobre o projeto de vida profissional do casal, e a filha asseverou que o sogro aproveitaria o recesso em Brasília e viria a Porto Alegre para agilizar alguns contratos do filho, e que a firma seria inaugurada depois da Páscoa.

A neta saltou do colo do avô e voltou em seguida com os livros ganhos de presente. Abriu uma página e mostrou o animal que tinha visto na televisão.

— Vô, eu quero ir lá onde tem bicho de verdade, a vó prometeu que ia me levar.

Assegurou à neta que, se os pais dela dessem permissão, no próximo fim de semana iriam passear no zoológico, ela ia conhecer bicho de verdade.

Celso apareceu na sala com um repertório de desculpas sobre excesso de trabalho, revisão de projetos de contrato. Cumprimentou, proferiu algumas frases de efeito sobre a honra de receber o sogro, e a filha anunciou o almoço.

O domingo se arrastou na vadiagem e na preguiça. Edimar voltou para casa e terminou o dia à espera da noite. Um cochilo, um café, um programa de televisão, nada diferente de qualquer outro fim de semana. A pilha de livros no gabinete serviu de passatempo ao anoitecer. Ele acomodava os volumes numa sacola quando a esposa chegou. Durante a tarefa, elaborou uma desculpa, caso precisasse se justificar. Como uma criança flagrada numa molecagem, nem esperou que a mulher perguntasse.

— Estou separando uns livros velhos, vou levar pra um colega do trabalho que faz serviço voluntário pra uma escola da periferia. A gente já leu tudo isso. Estão só pegando pó na estante.

— Tu já jantaste, Édi?

— Ainda não.

— Então, eu vou tomar um banho e já venho aquecer a janta.

O expediente de trabalho iniciou com a expectativa de rotina. Antes que a modorra se apoderasse, ele foi chamado ao telefone. Rose cobrava o cumprimento da promessa. Combinaram que ela passaria às quatro horas para pegar os livros na lancheria do nono andar. Ela surpreendeu na pontualidade. À luz do dia, era mais bonita. Uma saia preta e uma blusa branca davam uma aparência de colegial. Serviram-se de café e ocuparam um lugar no fundo da sala. Ela apanhou a sacola na faceirice de uma criança que recebe um brinquedo novo, despejou os livros em cima da mesa, folheou alguns. Agradeceu várias vezes, prometeu devolver cada um logo após a leitura. Mais falante e sorridente, divagou pelos sonhos de futuro. Entre eles, o de procurar um novo emprego para poder pagar o curso de estética.

— Tu não tens esse problema, né? Tu deves ganhar bem aqui.

— Quanto ao salário, eu não me queixo.

Rose demonstrava uma sinceridade quase simplória ao falar da própria vida. Natural de Joinville, em Santa Catarina, vivia sozinha, sem namorado nem parentes em Porto Alegre. A única amiga era Jurema, que lhe oferecia a oportunidade de reforçar o salário do escritório com uma comissão nas viagens ao Paraguai. Mas a renda só dava para a comida e o aluguel. Por isso, nas férias, ela ficava em casa, sem ter o que fazer.

— Só tenho uma televisão pra me entreter. Adoro filmes românticos. Acho tão lindo quando duas pessoas se amam e superam todos os obstáculos pra ficarem juntas. O destino contraria, mas o amor sempre vence. Gosto dos filmes que mostram isso.

Edimar não perdia uma palavra daquela confissão.

Havia tempo ele perdera o hábito de se interessar por alguma coisa ou pelas mazelas da vida de alguém. Os diálogos costumeiros com a mulher em casa, ou com os colegas de trabalho, pareciam falas de um filme visto inúmeras vezes, que, de tão repetidas, se tornaram vazias. Mas agora expressava uma curiosidade de quem vivia uma experiência pela primeira vez. Pontuava os relatos dela com um ou outro comentário, questionava outro ponto, ria com ela. Quando se deu conta, ela segurava a mão dele sobre a mesa e se declarava muito agradecida pelo empréstimo dos livros. Assim, ela teria com que se deleitar nos períodos de folga. Prometeu começar a leitura naquele mesmo dia e, até o fim da semana, já poderia devolver o primeiro.

No centro das atenções de uma mulher bonita, Edimar abstraiu tudo ao redor, hipnotizado pelo brilho dos olhos de Rose. Mas uma a voz familiar soou ao lado e destruiu o feitiço com o desencanto da realidade:

— Oi, pai.

De um salto, ele se pôs de pé. O susto do flagrante lhe impedia de encontrar uma justificativa. Tentou demonstrar alegria pelo encontro com a filha, mas a capacidade de improviso era nula.

— Oi, filha. Esta é a Rose.

A filha balbuciou alguma coisa, mas se manteve parada. O olhar com que abarcou a outra avaliou com minúcias de interrogatório. Por um momento, ficaram os três calados em volta da mesa. Foi Vânia quem rompeu o silêncio:

— Eu precisei vir aqui entregar uns recursos, te procurei no setor, e me disseram que tu estavas no lanche. Bem, era só pra te dizer que conversei com o Celso e, se quiserem levar a Lili pra passear no fim de semana, tudo bem. Agora, preciso ir. Tchau.

E como uma diretora que acabou de dar a ordem aos empregados, ela se retirou.

O passeio ao zoológico foi marcado para sábado, porque, no domingo, Mercedes iria a um aniversário. Durante a semana, Edimar se limitou a esperar. Enquanto isso, numa tentativa de falar com Marcos, foi informado de que o médico viajara para um congresso no Rio de Janeiro. Em casa, o humor inalterado da esposa indicava que a filha não fizera nenhuma denúncia sobre a existência de Rose. Mesmo assim, decidiu contemporizar. Corria a qualquer movimento da mulher, atendia a todos os chamados com presteza, até mesmo um dia em que o porteiro entrou de manhã para consertar um cano da pia da cozinha ele se manteve solícito. Por mais de uma vez, ao ficar perto do aparelho de telefone, precisou conter a tentação de ligar para Rose. A presença da esposa enchia o apartamento com o barulho dos passos no corredor, o aspirador de pó na sala, a louça na cozinha. Ou ela própria, que não passava muito tempo sem incumbir o marido de uma tarefa. Por isso, quando o sábado chegou, subjugou-se na função de motorista da esposa.

Vânia esperava na frente do prédio. Mercedes acolheu a neta, acomodou-a no banco de trás do automóvel. A filha saudou a mãe com um aceno à distância, alegou excesso de trabalho e virou as costas numa saída teatral, sem sequer olhar para o pai.

Na viagem até Sapucaia, Edimar se manteve calado sob a tagarelice da neta. O desprezo da filha induziu no espírito do pai uma sensação de culpa que ele carregou até o fim do dia. Deixou o carro no estacionamento do parque e seguiu os passos da esposa no trecho de chão batido até o centro do zoológico. O público, que afluía de todos os lados, se acotovelava rumo ao espaço da exposição. Mercedes instruía a neta, a quem conduzia pela mão. Em cada jaula, explicava o nome do animal, o que ele comia, onde vivia. Descreveu o macaco como uma espécie que gostava de viver sobre as árvores na floresta, mas morava naquela casa feita com tela de arame porque senão ele fugia. Na sequência, chegaram ao ambiente da lontra. O bicho parecia feliz no pequeno poço de água que substituía o lago de seu habitat natural. Ela mergulhava, emergia em seguida e, com o focinho, golpeava uma bola de borracha na superfície. Edimar gostou de ver a faceirice da neta, que ria, pulava e se divertia com as peripécias do bicho. Andaram mais um pouco até a jaula das aves. A menina ficou encantada com a beleza da arara vermelha e com a vaidade do pavão, que exibia a plumagem para máquinas fotográficas e câmeras de vídeo.

— Se a gente morasse numa casa, podia ter passarinhos, não é, Édi?

— Eu não gosto de ver bichos encerrados.

— Aqui, eles vivem longe do ambiente natural, mas recebem alimentação tratada todos os dias e assistência veterinária. A vida deles é muito mais estável, vivem muito mais do que no meio do mato. E não têm predadores naturais. A maioria dos animais que vivem no ambiente natural não atinge a vida adulta.

A estabilidade da vida em cativeiro não suscitou interesse em Edimar. Continuaram a peregrinação zoológica, até que, ao final, chegaram a um aglomerado de pessoas, em sua maioria crianças. Lili se aproximou numa corrida e parou de repente, com cara de nojo. Na jaula dos ofídios, uma cobra de uns dois metros de comprimento dormia espichada na sombra de um mato artificial, um pedaço de tronco de árvore, uma pedra e folhas secas esparramadas pelo chão. Embaixo do galho da árvore seca, uma bacia com água pela metade; dentro do recipiente, um camundongo esperneava na louça molhada. As patas se agitavam na tentativa de se agarrarem a alguma coisa, mas a superfície lisa não oferecia a menor chance de salvação. A neta correu numa ameaça de choro, agarrou-se às pernas da avó:

— Vó, ele vai morrer.

— Olha ali, Édi, a maldade que fazem. O bichinho vai morrer afogado.

Edimar, que só se manifestava quando interpelado pela mulher, olhou a cena com indiferença.

— Ele vai morrer de qualquer maneira. Quando a cobra acordar, ele vai ser engolido vivo. Ele foi colocado aí pra isso. Aqui também existe predador.

Como se tivesse ouvido essas últimas palavras, o réptil se contorceu, levantou a cabeça e ameaçou um bote em direção à parede de vidro, e a língua lambeu o ar à procura de alimento. A neta buscou proteção no colo da avó.

— Chega de ver bicho, já estás cansada. Vamos fazer um lanche.

A excursão ao zoológico acabou na lanchonete, onde Lili recebeu um sanduíche e um refrigerante, Mercedes tomou uma água mineral e Edimar, um cafezinho.

A volta para casa foi tranquila. A neta dormiu no banco de trás e o casal mergulhou no silêncio só interrompido num breve diálogo com a filha na hora de entregar a criança.

Domingo pela manhã, Edimar andava de um lado para o outro. Ocupava-se em tarefas que o conduziam da sala para o gabinete, dali para o quarto, à cozinha. A esposa até comentou que ele parecia um animal enjaulado. Ao passar pela sala, a visão daquele peixe no aquário causava desconforto, uma vontade despejar a água na pia. Acalmou-se um pouco quando a esposa anunciou que serviria o almoço mais cedo porque não queria se atrasar para o aniversário. Na mesa, Edimar ofereceu-se para dar uma carona. Ela agradeceu a oferta, iria de ônibus. Ele podia descansar, já que não gostava de aniversário. E aproveitou para lembrar ao marido que, dentro de duas semanas, ele completaria a idade necessária para a aposentadoria; como a data coincidia com o carnaval, ela pretendia ir para a praia, tratar da venda da casa. Edimar concordou, mas com a ressalva de que não queria festa. Encerrado o almoço, a esposa foi para a pia lavar a louça, e Edimar a todo instante mirava o aparelho telefônico. Quando a esposa saiu, ele disse que pretendia caminhar pelo bairro em vez de dormir. Assim que ela fechou a porta, ele correu à janela. Viu quando ela saiu do prédio e vigiou até que ela desapareceu na esquina da Getúlio Vargas.

Rose atendeu ao primeiro toque. Ela também desperdiçava o domingo, sozinha em casa, com preguiça até para ler. Ele perguntou sobre as leituras, ela disse que já tinha lido o primeiro e queria devolver. E Edimar ouviu uma pergunta que mais parecia um pedido:

— Por que que tu não vens aqui?

Desceu do táxi na esquina da Bento Gonçalves. Caminhou de cabeça baixa, olhar para o chão. O movimento da rua lhe causava aflição. Desviava das pessoas, virava o rosto contra os automóveis. Uma gargalhada proveniente do interior de um bar acelerou-lhe o passo. Pouco adiante, retardou o ritmo, respirou fundo, tentou relaxar. Mas, no momento seguinte, a excitação se apoderou de novo. Conferiu a numeração, estava na frente do prédio. Apartamento 101, devia ser térreo. Levou a mão ao painel, suspendeu o braço, quem sabe voltava outro dia? O medo lhe puxava para fora, o desejo lhe empurrava para dentro. E num instante decisivo, como o suicida que se joga no penhasco após se contorcer em dúvida, apertou o botão. Ao ouvir a resposta pelo interfone, anunciou seu nome, com voz quase inaudível. Esperou na frente do edifício, os olhos acompanhavam o movimento da rua. A porta se abriu, e uma mulher sorridente lhe ofereceu a face para um beijo. Ele inclinou o corpo, roçou o lábio na pele loira. Ela guiou Edimar no corredor com a desenvoltura e a naturalidade de velhos amigos.

— Onde deixaste o carro?

— Eu vim de táxi. Não gosto mais de dirigir.

— Achou fácil, né?

— É...

Entraram no apartamento, ele respirou, aliviado.

— Quer tomar alguma coisa?

Na ausência de resposta, ela se aproximou:

— Nossa Senhora. Tu estás tenso.

Puxou uma cadeira e, assim que ele se acomodou, ela aplicou uma massagem nos ombros. Ele espaireceu com o carinho, relaxou e, por fim, conseguiu falar:

— Desculpa, eu fiquei meio nervoso.

— Nervoso por quê? Cometeste algum crime?

— Não. Mas é como se minha esposa estivesse por perto. É como uma traição.

Ela arrastou uma cadeira, sentou ao lado dele.

— Ninguém está traindo tua esposa. Estamos só conversando. Isso não é traição.

Passado o nervosismo, Edimar conseguiu observar a mulher com mais atenção. Ela vestia uma calça jeans justa e uma camiseta branca e curta, que deixava o ventre à mostra até a altura do umbigo.

— Então, qual o primeiro livro que leste?

— Ah, outra hora a gente fala dos livros. Agora, vou fazer um cafezinho pra nós, eu adoro café.

Sozinho na sala, o olhar percorreu o aposento e ele se compadeceu da simplicidade. Apenas um sofá de dois lugares, uma mesa de fórmica coberta com uma toalha de renda, um vaso de flores em cima. Em duas paredes, pendiam quadros com pinturas rústicas de flores. Ela voltou com duas xícaras numa bandeja de plástico e um pires com biscoitos. Ele provou o café.

— Hm, está muito bom.

— Com açúcar e com afeto.

— Só o afeto já bastava.

Pela primeira vez desde que conhecera Mercedes, vinte e cinco anos antes, Edimar se via sozinho com uma mulher, numa aventura que já despertava desejo de sedução.

— Tu és uma mulher estranha.

— Estranha por quê? Tenho duas mãos, duas pernas, dois olhos, uma boca e um nariz.

— Não é disso que eu falo. É do jeito.

— Sou uma pessoa normal. Gosto do que as outras gostam. Só que agora não posso fazer muita coisa porque estou economizando.

— Não é isso. É que me pareces uma pessoa sincera, autêntica. Além disso, teu café é muito bom.

— Que bom que tu sabes valorizar o que outra pessoa tem pra te oferecer. Hoje em dia, isso é muito raro.

Agora mais calmo, ele deslizava o olhar ao longo daquele corpo jovem, a imaginação despia a mulher e acariciava-lhe a pele.

— Sabe o que me deixa mais chateada? É quando eu quero me dedicar a uma pessoa, mostrar o que eu tenho de bom, e ela não demonstra o menor interesse em me conhecer.

— Vou te confessar uma coisa. Se não fosse o Edgar sugerir o empréstimo dos livros, eu não estaria aqui agora. Quando eu te vi no bar, te achei muito bonita e fiquei com vontade de conversar mais contigo, mas eu sempre fui muito preso.

— Eu percebi. Por isso que insisti em puxar assunto. Também desejei que me tirasse pra dançar.

Aos poucos, a tensão física da chegada cedeu a um relaxamento confortável, e a confiança na nova amiga incentivou um pouco de confidências.

— Às vezes, é bom ser como o meu amigo Edgar. Ele não pensa antes de fazer as coisas. Eu penso muito, avalio as consequências, se seria melhor assim ou assado. É como se eu me dividisse em dois, um que faz as coisas, e o outro, o que analisa, critica e julga. A tua amiga também é bem diferente de ti.

— A Jurema nem é minha amiga. Eu ando com ela por causa dessa chance de aumentar um pouco o meu orçamento. Mas nem aprovo certas coisas que ela faz.

Edimar se comprazia de se ver como confidente. Recuperava aos poucos a habilidade de se interessar pelas outras pessoas. Questionou Rose sobre as restrições à amiga, mas ela se afastou e disse que não gostava de falar mal de uma pessoa que até lhe ajudava um pouco.

— Desculpa. Não me interessa a vida da Jurema, eu queria apenas saber mais a teu respeito. O que tu desaprovas?

— Sabe o que é? Ela pega dinheiro dele. Ela não sai com ele por afeto. Ele sempre dá dinheiro pra ela, mesmo que seja pouquinho.

— Acho que o Edgar é feliz assim.

— Tu serias capaz de pagar uma mulher pra ela te fazer feliz?

— Eu não sei mais do que seria capaz.

Edimar se debatia entre o desejo e o remorso. A proximidade da respiração, o perfume, a pele do braço dela em contato com a dele, tudo formava uma teia que sufocava a capacidade de resistência. No momento em que ele ousou uma investida, ela saltou, juntou as xícaras do café, a bandeja, e entrou na cozinha. Voltou em poucos instantes e encontrou Edimar ainda na mesma posição. De pé na frente dele, começou a enrolar o cabelo na nuca. O movimento dos braços no alto da cabeça encolheu mais ainda a blusa e colocou o corpo em exposição até pouco abaixo do seio. Só então ele percebeu que ela não usava sutiã. Edimar reergueu-se, avançou um passo.

— Eu gostei muito de te conhecer. Minha vida tem sido muito limitada à família e ao trabalho.

Ela desatou os cabelos, soltou os braços ao longo do corpo.

— Serias capaz de pagar pra conhecer um pouco mais?

— Como?

— Digamos... duzentos, por hoje.

Ele conteve o passo diante dela, a postura curvou-se ao peso da frustração, mas, antes que ele dissesse alguma coisa, ela corrigiu com um abraço e um beijo na face.

— É brincadeira. Não foi pra pegar dinheiro que eu te convidei pra vir aqui.

Abriu uma porta, mostrou uma cama de casal. Na cabeceira, acendeu um abajur, que consistia de uma lâmpada protegida por um invólucro hexagonal. Em cada um dos lados, uma flor desenhada. Acendeu a lâmpada, e a estrutura começou a girar; o desenho das flores, projetado na parede, rodopiava em volta do quarto. Edimar continuava de pé no meio da sala. Ela estendeu os braços para ele.

— Vem.

O corpo tremeu, as pernas vacilaram, Edimar assomou numa surtida sobre ela, arrancou-lhe a blusa e abocanhou os seios.

— Para, calma. Parece que nunca viu mulher na vida.

Ela afastou-se, despiu a calça e ofereceu-se nua.

Sem ouvidos aos apelos, ele deitou a mulher na cama, desvencilhou-se das próprias roupas e montou sobre ela. A boca oscilou entre o pescoço, os seios e os lábios da mulher, a mão percorreu o ventre, as coxas, as nádegas. A exploração do território recém-conquistado ia aos arrancos. A mulher se entregou sem resistência, apertou entre os braços aquele homem já meio envelhecido, que agia como um iniciante. Ela se esquivou, serpenteou por baixo do corpo tenso, inverteu as posições e assumiu o controle.

— Não precisas ficar nervoso, não estamos com pressa.

Com a dedicação de uma amante apaixonada, cobriu-lhe as faces de beijos, e as bocas se encontraram na ânsia de se devorarem. Os lábios dela desceram pelo peito dele, deslizaram pelo ventre, a ponta da língua roçou a pele. A mão encontrou um membro ainda flácido e pôs-se a acariciá-lo.

— Tu serias mesmo capaz de pagar se eu cobrasse?

— Sim, eu pago o que quiseres.

O camundongo se jogou na boca da serpente. Edimar fechou os olhos e delirou. Rose agiu com a desenvoltura de profissional. O membro que deslizava entre seus dedos não reagia. Ela o aproximou dos lábios, beijou-o e, com suavidade, acolheu-o na boca. Edimar abriu os olhos e, sob a luz fraca que projetava os desenhos em movimento sobre as paredes, viu apenas uma mecha de cabelos loiros que subia e descia num ritmo lento, a que ele acompanhava com gemidos e contorções. As mãos de Rose percorriam o corpo dele, os dedos, como pernas de aranha, passeavam sobre a pele suada. Subiam até o peito, desciam ao ventre, acercavam-se da cintura, e o ritmo da sucção arrancava de Edimar urros de prazer. O deslocamento dos desenhos projetados na parede provocava a ilusão de um contingente de seres misteriosos a invadir o aposento. Edimar se contorcia, músculos retesados, e Rose acelerou o ritmo com que desempenhava sua tarefa. Edimar não tinha mais voz, apenas espasmos e soluços, até que um urro saltou da garganta e encheu o quarto. O movimento esmoreceu, os músculos relaxaram, e o corpo descontraiu. Rose se esgueirou da cama, abriu a porta do quarto e entrou no banheiro. Ele ouviu o som de água a escorrer da torneira. O sono já pesava sobre as pálpebras quando Rose se enroscou de volta em baixo das cobertas, trançou pernas com pernas e apoiou a cabeça no peito dele.

Capítulo 6

Numa manhã de calor de início de março, o professor Edimar iniciava mais um ano letivo como titular da disciplina de história numa escola de segundo grau. Um retorno às aulas como outro ano qualquer. Entrou no prédio e foi direto à sala dos professores. As mesmas perguntas já conhecidas. Como foi de férias? Viajou? Outros contavam novidades, relatavam aventuras. Edimar não tinha novidades nem aventuras. Visitara os pais em Santa Maria e passara o resto das férias em casa. A atualização das leituras e a pesquisa de novos temas que pudessem despertar o interesse dos alunos consumiam o tempo vago. Na verdade, as férias não alteravam em nada a rotina de vida do professor. O apartamento na Cidade Baixa se transformava numa espécie de sala de aula sem alunos. Ele apenas se livrava de ir à escola, mas se ocupava das mesmas tarefas. Nos fins de semana, à noite, ele se permitia um programa diferente. Na sexta-feira, o hábito dos encontros com o amigo Édison se transformava em obrigação; sábado ia ao cinema, mas, no domingo, se recolhia cedo. Então, ele ouvia as histórias dos colegas e percebia num e noutro uma certa tendência ao exagero, vontade de impressionar. Ele conversava com Sueli, a diretora, quando ela se voltou para a entrada, onde uma mulher desconhecida acabava de chegar. A chefe da escola caminhou até a porta e conduziu a recém-chegada à presença dos demais.

— Eu quero apresentar a vocês a Maria Mercedes, nossa nova colega de português.

Apresentou os docentes, as respectivas disciplinas, e um clima de camaradagem se espalhou entre os profissionais da escola. Pulavam de um tema a outro, conforme o dono da palavra. Das peculiaridades de cada matéria, passaram para os obstáculos que dificultavam o aprendizado. Por fim, a professora de português lamentou a deficiência de leitura dos alunos, que só comentavam programas da televisão.

— Essa exigência que o MEC inventou agora de prova de redação no vestibular não vai dar certo. A primeira, este ano, foi uma vergonha.

— Gente, o mundo inteiro está um caos. Não viram no jornal esta semana? Na Itália, os alunos espancaram um professor porque tiraram nota baixa. Teve um que seguiu o mestre na saída e ameaçou jogar uma bomba na casa dele.

Cada um conhecia uma anedota da mesma natureza. E a conversa recaiu sobre a situação do ensino brasileiro e acabou nas péssimas condições dos professores. A diretora lembrou de mais uma notícia lida num jornal sobre uma professora que teve a bolsa surrupiada no Centro. Ao dar queixa na delegacia, encontrou o assaltante, que havia sido preso por outra contravenção. Ao reconhecer a vítima, o marginal se dirigiu a ela, devolveu os pertences subtraídos e se justificou.

— Desculpe, dona. Eu não sabia que a senhora era professora.

Gargalhadas. Horário de iniciar as atividades, a turma se dispersou. Edimar e a professora de português caminharam juntos até entrada da sala dele.

— Eu fico aqui. Boa sorte com os teus novos alunos.

— Obrigada. A gente se fala depois.

E esse depois se estendeu por muitos anos. Não demorou muito e Edimar descobriu ser o companheiro preferido da nova colega. Constatou também os olhares maliciosos dos demais integrantes da escola quando, nos intervalos, ela o procurava, perguntava pelas leituras, pedia sugestão de algum livro de história. Em poucos dias, eles saíam juntos no fim do período e caminhavam lado a lado pela Avenida Santana até a Redenção. Ela morava no bairro Petrópolis e preferia ir a pé até a Protásio, onde pegava ônibus. Na frente do Colégio da Brigada, despediam-se, mas quase sempre restava algum assunto pendente para resolver no dia seguinte. Essas caminhadas a sós no fim da tarde embalavam a fantasia do professor. A colega não era bonita, se vestia com simplicidade, mas demonstrava uma preferência indisfarçável pela companhia dele. A inexperiência com mulheres e a falta de ousadia teriam prolongado por muito tempo ainda as incursões históricas misturadas com dicas de gramática. Mas Mercedes era mais determinada. E foi numa dessas despedidas, em frente ao Monumento ao Expedicionário, umas duas semanas depois do primeiro encontro, que ela perguntou, sem indiretas, se ele não tinha uma namorada. Com a sinceridade dos ingênuos, ele admitiu que não.

— Tu ouviste a notícia sobre a feira que vai inaugurar aqui nesta rua no domingo?

— Ouvi alguma coisa, mas não sei o que é.

— É um mercadinho de variedades, artesanatos e bugigangas. Vai se chamar Brique da Redenção.

— Ah, é, eu li no jornal.

— Domingo vai fazer um dia bonito, estou pensando em conhecer a feira, mas não tenho companhia. Queres vir comigo?

— Quero sim.

— Então, está combinado. Domingo, às dez da manhã, aqui neste mesmo ponto.

Abraçaram-se, trocaram beijos nas faces e se afastaram. Ele atravessou a Avenida João Pessoa em estado de graça. Alheio ao trânsito de um final de sexta-feira, avançou entre os automóveis como se fosse imune a atropelamentos. Desviou de um, saltou para escapar de outro e riu-se dos insultos dos motoristas. Alcançou o outro lado da rua e dobrou na primeira travessa em direção à Lima e Silva. Ao enfiar a chave na porta, o coração disparava numa mistura de alegria e ansiedade. Embaixo da porta, encontrou um papel com alguma coisa escrita. Apanhou o bilhete e leu: "Aparece na Osvaldo hoje de noite". Apesar do recado ser lacônico e de não conter assinatura, ele sabia do que se tratava e, dessa vez, nem pensou duas vezes. Largou a pasta e os livros em cima da mesa da sala e saiu de novo porta afora. Não havia como permanecer em casa naquela agitação. A euforia clamava por espaço, atitudes e ações com que se dissipar. O espírito precisava de movimento para não implodir em energia reprimida.

No trajeto até a Osvaldo Aranha, passou pelo mesmo ponto da despedida de minutos antes, mas não se deteve. Seguiu a marcha, em instantes entrou no bar e encontrou o emissor da mensagem. Édison, o antigo companheiro na divisão do apartamento, continuava o único amigo desde os tempos do ingresso na universidade, um parceiro constante nas folgas dos fins de semana. Todas as sextas se encontravam em algum bar e, ao longo de algumas cervejas e porções de batata frita, discutiam os problemas sociais do país e do mundo, como se fossem os responsáveis pela solução desses problemas. Com frequência, se juntavam outros amantes das discussões acaloradas e o bate-papo se transformava num verdadeiro seminário, que só terminava quando o estabelecimento cerrava as portas. Dessa vez, Édison bebia sozinho. Ao ver o amigo entrar, abriu um sorriso e estendeu a mão num cumprimento. Edimar sentou, serviu-se e bebeu com um prazer que surpreendeu o outro.

— Devagar, professor, não precisa empinar tudo de uma vez só. Temos a noite toda pela frente.

— É esse calor insuportável. Hoje fez trinta e sete graus.

O mormaço que assolava a cidade era o assunto mais óbvio, mas Édison não parecia entusiasmado com as condições climáticas. Edimar percebeu a chateação no rosto do amigo.

— Algum problema?

— Desisti do meu sonho de estudar na França. Vou pra São Paulo tentar a USP.

— Mas a USP é maravilhosa, sobretudo na Sociologia. Os grandes intelectuais do país estão todos lá.

— Mas eu queria ir pra França. Lá é a fonte de tudo. Os uspianos apenas repetem o que aprenderam nos corredores da Sorbonne. Além do mais, este ano já está perdido.

— E por falar na França, domingo tem eleições para presidente lá. A gente fica com inveja por isso, mas parece que a direita vai ganhar de novo.

— Mas é claro que vai. Na esquerda, os idiotas começaram a brigar uns com os outros, se dividiram.

— Que decepção. Um povo tão adiantado.

— Não há por que se decepcionar. Essa é uma lei natural. As correntes diversas se unem apenas na campanha, quando chegam perto do poder, já começam a brigar pra ver quem fica com a melhor parte. E quando conseguem ganhar, se tornam mais reacionários do que os anteriores. A história está cheia de exemplos desse tipo. Não devemos nos iludir, meu amigo, com essa história de esquerda no poder.

— No Brasil, nem temos mais esquerda.

— Mas teremos em breve. Com essa anistia que vem aí, os exilados vão regressar e querer a parte deles de volta. Tu vais ver só, vai ser um espetáculo mais patético que o da França.

Édison se empolgava com o próprio discurso, como se o problema em discussão precisasse de uma solução imediata. Edimar conhecia essa característica e esperava o amigo se acalmar para mudar de assunto.

— Mas voltando à tua pós. O que foi que houve?

— Houve que eu já tentei duas vezes e não consegui. Estou perdendo meu tempo nesta província com essas especializações que não me levam a nada e apodrecendo naquele banco miserável. Aí me surgiu uma oportunidade de um trabalho em São Paulo, na área de pesquisa social. Acho que vou aceitar.

— E a namorada vai junto?

— Ih, esqueci de te contar. Não tenho mais namorada, ela voltou pro interior. Larguei, não quero saber de casamento por enquanto. A gente se mete num rolo desses e nunca mais consegue sair.

— Agora, já temos a lei do divórcio.

Édison deu uma gargalhada tão forte que respingou cerveja por cima da mesa.

— Essa é mais outra palhaçada que tivemos que aplaudir sem achar graça.

— Não acho. Se o casamento não dá certo, as pessoas devem se separar.

— Não me refiro ao divórcio, mas a essa lei. Ela foi apenas um prêmio de consolação que o general deu em troca do fechamento do Congresso em abril. E o nosso povo e os deputados ficaram pulando de alegria, como as crianças que ganham pirulito para aliviar umas palmadas.

— Falando em casamento...

Edimar fez uma pausa, ia desistir do assunto. Édison mirou o amigo.

— Não acredito que vais casar.

— Não disse isso. Mas lá na escola apareceu uma professora que fica sempre na minha volta. Agora, me convidou pra ir à inauguração do tal Brique da Redenção no domingo.

— Ah, essa cópia que vão fazer do mercado das pulgas de Paris?

— É um mercadinho de variedades.

— Acho que essa professora jogou o laço e tu vais colocar o pé dentro dele.

— A verdade é que eu levo uma vida muito solitária e sinto falta de companhia.

— E os teus planos de voltar a estudar, fazer mestrado, doutorado?

— Pois é. Estou muito confuso em relação a isso. Ando cheio de dúvidas sobre a minha vocação de professor. Ninguém se interessa por história, a gente não consegue ensinar o que devia ser ensinado. A gurizada só pensa em ir pra um curso técnico.

— É a consequência dessa fantasia que chamaram de milagre econômico. Injetaram um monte de dinheiro em alguns setores da indústria, como o automobilístico, por exemplo. As fábricas cresceram e precisaram de gente pra operar as máquinas. Então, manda a boiada pras escolas técnicas. E com isso esquecem da universidade. Pra esse bando de caipiras burocratas, qualquer aumento de renda já é desenvolvimento, mesmo que metade da população continue analfabeta, e os letrados não consigam enxergar nada além daquilo que leram nos livros.

— E ensinar história é fazer uma lista de datas e personalidades importantes, sem a dimensão humana, sem os sentimentos que levaram as pessoas a se projetarem no futuro. Não foi pra isso que eu estudei. Tenho pensado sobre isso e não sei o que vou fazer.

— Bem, se não sabes pra onde vais, é melhor casar, mesmo. Pra quem não tem mais sonhos na vida, o casamento é um santo remédio.

Edimar não se ofendia com as sentenças do amigo. Gostava dele por causa dessa maneira sincera e direta de dizer as coisas, por mais azedas que fossem. Apesar de certa pretensão de crítico da sociedade, que encontrava uma explicação sociológica para todos os fenômenos, ele se limitava a um discurso didático, em tom professoral, mas nunca tentava convencer o interlocutor ou fazê-lo mudar de ideia. Era, segundo as próprias palavras, um observador perspicaz, não um doutrinário. Na companhia do amigo, Edimar se soltava, falava bem mais do que o habitual, porque era a única pessoa com quem ele conseguia comentar as leituras numa reciprocidade de ideias. Édison refutava uma, reforçava outra, mas sempre numa troca conciliatória em que o objetivo, não raro, consistia em demonstrar a própria capacidade intelectual. Por isso, algumas horas mais tarde, quando Edimar já começava a bocejar, ele pediu mais uma garrafa e propôs um brinde.

— Vamos comemorar com antecedência esta data histórica do próximo domingo, 19 de março de 1978. O dia da inauguração do mercado das pulgas da capital gaúcha; o dia em que os pseudoesquerdistas franceses vão ficar chupando o dedo; o dia em que o professor Edimar abandona a história pra entrar na vida.

Edimar esvaziou o copo e deu um abraço no amigo. Apesar de se exceder na bebida mais do que era costume, sentia-se em condições de andar sozinho. Na rua, o mormaço cedia a uma aragem mais suave, um clima agradável para caminhar, e ele seguiu pela Venâncio Aires.

Quando acordou, no sábado, o relógio marcava dez horas. De início, culpou-se por dormir até tarde, mas refletiu que nunca cometia excessos de nenhum tipo e, apesar da dor de cabeça e do amargo na boca, permaneceu ainda mais um pouco na cama. Pelo menos por uma vez na vida, se livraria daquele sentimento de obrigação de fazer as coisas, de estudar, de preparar aula, de ser sempre eficiente e correto. E decidiu que aquele seria um dia exclusivo para a ociosidade. Estirou braços e pernas e levantou. Na geladeira, apenas um saquinho de leite e um pote de margarina. O vidro de café solúvel quase vazio avisava a necessidade de renovar o estoque de mantimentos. Então, achou o que fazer no resto do sábado. De repente, escandalizou-se do próprio estado de carência. Uma geladeira vazia, nem ao menos uma vasilha com água gelada para curar a ressaca, um armário sem provisões para o almoço. O hábito de comer qualquer coisa nas lancherias do bairro dificultava a formação de um lar; por isso, o apartamento funcionava como um simples dormitório, a exemplo da pensão onde havia morado nos primeiros anos em Porto Alegre. Uma contenção desnecessária, pois o pai ainda contribuía para o aluguel, e o salário, mesmo que não fosse alto, permitia uma vida digna, pelo menos na alimentação. Edimar não era um miserável, apenas acostumara-se a privações materiais. Concluiu que devia um melhor tratamento a si mesmo e, para começar, precisava fazer compras.

No supermercado, encheu um carrinho com mercadorias que não costumava consumir em casa: refrigerantes, geleias, presunto, queijo, frutas. Ao passar pela prateleira dos cereais, pensou que poderia voltar a cozinhar a própria comida. Quando os dois dividiam o apartamento, Édison sobressaiu-se como cozinheiro, e Edimar aprendeu a fazer o básico. Mas, quando ficou sozinho, não achava interessante perder tempo na cozinha se podia comer fora. E, no jantar daquele sábado, saboreou um carreteiro de coração de galinha, receita que ele lembrava de cor.

O domingo amanheceu com previsão de mais um dia de calor intenso. Chegou ao ponto marcado, olhou no relógio, ainda faltavam dez minutos. Os bancos de madeira ao redor do monumento, todos ocupados. Esperou de pé. Já se deixava tomar pela impaciência quando avistou a colega. Ela avançou, deu um beijo no rosto. Usava uma calça de abrigo, tênis e uma camiseta. O diálogo começou com os comentários sobre o calor. Uma música chegava de longe. Procuraram a origem do som e chegaram ao espelho d'água, no centro do parque, onde a Orquestra Sinfônica de Porto Alegre apresentava um concerto ao ar livre. A solenidade da apresentação impunha silêncio, mas a melodia se misturava com o vozerio e as risadas do público. Edimar começou a trocar o pé de apoio, cruzava e descruzava os braços. Numa pausa para descanso, o maestro anunciou um pequeno intervalo e uma sequência de temas tradicionais do cancioneiro gaúcho, em homenagem à semana de Porto Alegre.

— Vamos conhecer a feira?

Caminharam até a primeira barraca, em frente ao Colégio da Brigada. As mercadorias se estendiam em cima de toalhas e esteiras. Edimar olhava as bugigangas sem muito interesse. Alguns passos adiante, percebeu-se sozinho. Procurou entre os transeuntes e encontrou a colega agachada perto de uma esteira. Ela levantou e foi ao encontro do acompanhante.

— Que caro isso aqui, Edimar. Trezentos cruzeiros uns brincos, só porque são artesanais.

— Achei que tu não gostavas de joias, tu nunca usas.

— Não é joia, é bijuteria. Não costumo usar, mas gosto de olhar.

E continuaram o passeio. A lentidão dos passos, a necessidade de desviar a todo instante dos pedestres conduziam Edimar aos limites do abatimento. Mercedes não percebeu. Ele não tinha coragem de demonstrar, nem pensou em sugerir outro programa. No fim da rua, quando Edimar se limitava a acompanhar a colega sem prestar atenção em nada, Mercedes chamou:

— Olha aqui, Edimar, essa tu vais gostar.

Tratava-se de uma banca de livros usados. Edimar recobrou a alegria do início da manhã ao ver-se diante de uma coleção de clássicos da literatura universal. Entre eles, os franceses que tanto admirava: Balzac, Flaubert, Stendhal. Os olhos vidraram num ponto da pilha, ele estendeu o braço e pegou o livro. *As ilusões perdidas*.

— Há muito tempo quero ler esse livro. Já tenho vários dessa coleção, mas me falta esse.

— Então, leva. É um presente que tu mereces.

— E por falar nisso, eu quero te dar um presente. Tu gostaste das bijuterias, né?

— Ai, Edimar, é capaz, nem pensa nisso. Não precisa. Compra o livro pra ti. Com salário de professor, não dá pra andar comprando presente.

— Mas eu faço questão.

— Nada disso, já disse. Não sou dessas mulheres cheias de frescura que gostam de ser paparicadas o tempo todo.

A atenção do professor foi desviada para uma mesa ao lado, onde havia um conjunto de cinco livros amarrados por um cordão. O vendedor percebeu o olhar arregalado do freguês e alcançou a obra. *A história da guerra*, de Tasso Fragoso.

— Olha, isso aqui é uma raridade. É um clássico sobre a Guerra do Paraguai. Meu pai fala muito nesse livro.

— Viste o preço?

Edimar olhou a etiqueta. Quatrocentos cruzeiros.

— Que absurdo. É verdade que são cinco volumes, mas, mesmo assim, é muito caro.

Para se consolar da frustração, pediu ao livreiro o endereço da loja e prometeu comprar pelo menos os livros de literatura.

O sol do meio-dia empurrava o público para baixo das árvores, o que tornava os espaços de sombra ainda mais disputados. Edimar sugeriu almoçarem juntos e Mercedes aceitou.

Durante o almoço, falaram sobre as aulas, os alunos, as dificuldades de ensinar algo que ninguém se interessa em aprender. Mercedes defendeu as regras tradicionais. Ela ensinava gramática e ortografia com rigor, exigia que os alunos repetissem os exercícios quantas vezes fossem necessárias. Só recomendava para leitura os textos clássicos da literatura em língua portuguesa. Não se interessava pelas novas teorias pedagógicas, que considerava aventureiras e sem muita consistência. Mercedes falava com tanta convicção que desencorajava qualquer tentativa de questionamento. Mas tocou num ponto sobre o qual o colega se sentia apto a rivalizar.

— Essa história de professor aprender com o aluno é pura conversa fiada.

— Talvez numa relação mais igualitária, o aluno pudesse desenvolver um pouco mais a capacidade crítica e de produção dos próprios conhecimentos. Os conhecimentos do professor não são os únicos válidos.

— De que adianta ensinar o aluno a pensar, ter capacidade crítica, se ele não souber transmitir o que pensa?

— Pois é. Eu já li bastante sobre essas coisas, mas ainda não cheguei a nenhuma conclusão.

Na sequência, falou do pai, também professor de história, da carreira que o velho construiu no meio acadêmico e da admiração conquistada entre os estudantes. E que o exemplo paterno foi uma inspiração para ele optar pelo magistério. Quando ele acabou de falar, Mercedes soltou sem vacilar.

— Acho que tu querias imitar o teu pai, e não ser um professor. Podias fazer isso em qualquer profissão.

Edimar nunca tinha se questionado sobre os motivos que o levaram a se tornar um mestre. Ser professor era algo que lhe parecia natural, assim como ter um emprego, ou casar. Estudou as teorias pedagógicas e logo se identificou com aquelas que consideravam o conhecimento uma relação de troca entre professor e aluno, em que ambos colaboravam para a construção do saber, sem hierarquia, e sem a supervalorização de um dos polos. No começo da carreira, sonhava implantar ideias descobertas em livros, mas encontrou uma escola engessada em regras burocráticas, onde o clima mais perceptível era o medo de ousar. Na prática cotidiana, devia se orientar por livros didáticos que consistiam num desfile de nomes de personalidades e datas históricas, uma relação mecânica de causa e efeito entre os fatos, sem aquela dimensão humana que tanto prezava. Edimar idealizava planos sem avaliar as condições práticas de realizá-los. E como não dispunha de energia para criar as circunstâncias favoráveis, abandonava a ideia, quase sempre meio frustrado.

A provocação de Mercedes, lançada ao acaso, sem nenhuma reflexão, perturbou o espírito de Edimar como um inseto caído dentro do prato. Terminaram o almoço e se retiraram, sob um mormaço que desencorajava novo passeio. Caminharam lado a lado em silêncio. Foi Mercedes quem retomou o diálogo:

— Tu moras aqui perto, né?

— Sim, na Cidade Baixa, numa travessa da Lima e Silva.

— Eu não conheço muito esta parte da cidade.

— Se quiseres conhecer o meu bairro, a gente podia ir lá em casa tomar um refrigerante.

— Por mim tudo bem, eu nem tenho o que fazer em casa agora.

No apartamento de Edimar, não havia nem mesmo um ventilador, mas a posição no lado oposto ao sol da tarde protegia das altas temperaturas. Conduziu a colega direto para a sala. O único assento consistia de um sofá de couro com pés de madeira. O resto da mobília compreendia uma mesa usada como escrivaninha e uma cadeira. Ao lado da parede, uma prateleira de tábuas apoiadas em pilhas de tijolos servia de estante para os livros. Ele foi à cozinha e voltou com dois copos e uma garrafa de refrigerante. Serviu, largou o recipiente no chão e puxou a cadeira para o meio da sala, mais próximo da visitante.

— É bom de morar aqui?

— Sim, é bem silencioso.

— E no quarto andar a gente pode dormir de janela aberta. Eu moro numa casa, não dá pra fazer isso de noite.

— E tu moras com mais alguém?

Num resumo de poucos minutos, a colega traçou uma autoimagem de mulher decidida, que não desviava dos objetivos. Nasceu em Pelotas, filha única de um casal comerciante de doces, e, se dependesse de conselhos paternos, teria ficado na cidade natal. Mas ela achava que em Porto Alegre teria mais chances e veio morar com uma tia. Vivia satisfeita, mas não queria ficar para sempre às custas de parente. Aos poucos, os relatos pessoais já tinham jeito de confissão, e, empolgado com aquela intimidade, o dono da casa sugeriu passarem à cozinha para um café. Ela aprovou a ideia, mas disse que antes precisava ir ao toalete. O banheiro localizava-se dentro do quarto. A decoração do dormitório não destoava do resto da casa. Uma cama de solteiro, um bidê com uma lâmpada de cabeceira e um roupeiro. Quando ela voltou, ele esperava com a chaleira no fogo.

— Tu dormes numa cama de solteiro?

— Eu sou solteiro.

Ele não entendeu o significado do sorriso sem graça que aflorou nos lábios dela. Ao perceber a falta de jeito para dispor as xícaras e os talheres sobre a mesa, ela avançou, pegou os objetos da mão dele e determinou.

— Deixa comigo. Eu gosto de fazer essas coisas. Tenho mais prática.

Ele não ofereceu resistência, sentou e se pôs a observar a naturalidade com que ela tomava conta da cozinha. Ao final da refeição, sem ao menos pedir licença, ela recolheu a louça, empilhou dentro da pia e começou a lavar. Quando terminou a tarefa, as sombras do fim da tarde já penetravam pela janela.

— Eu preciso ir embora.

— Eu te acompanho até a parada do ônibus.

— Então, vamos. Mas antes eu gostaria de te dizer que adorei o domingo. Foi muito bom.

— Na semana que vem, a gente combina outra coisa, podemos ir ao cinema.

— Eu adoro cinema, só não vou mais porque não tenho companhia, e não gosto de ir sozinha.

— Então, a gente combina durante a semana.

Ela se aproximou, enlaçou o pescoço dele com o braço e deu-lhe um beijo no rosto. A junção dos corpos naquela intimidade doméstica fez o sangue do professor correr num fluxo incontrolável e invadir recantos pouco explorados até o momento. O coração disparou numa velocidade tal que o cérebro precisou trancar a timidez numa jaula e mandou que os braços tomassem uma atitude. Eles obedeceram, enlaçaram a cintura da moça e apertaram mais ainda, de maneira que os ventres roçaram um no outro. Esse atrito sacudiu todos os membros envolvidos naquele contato e os lábios decidiram que não podiam ficar omissos. Então, se procuraram. Um pouco desajeitadas pela falta de prática em momentos dessa natureza, as bocas se perderam em rodeios, num jogo de esquivas, onde uma se escondia só para se sentir procurada, até que se encontraram e se refugiaram uma na outra. Separaram-se no momento em que outros órgãos pediam permissão para participar.

Dali em diante, os dois já se comportavam como namorados, não desgrudavam um do outro nos intervalos. Na saída, Edimar acompanhava a colega até a parada do ônibus todos os dias. A semana passou com a rapidez das paixões juvenis. Na sexta, no momento da despedida, ele reafirmou o convite para o cinema.

— Eu queria ver *O homem que amava as mulheres.*

— Tudo bem, mas podia ser amanhã de noite. Vamos ao Avenida, ali pertinho de casa.

— Na sessão das seis, pra não ficar muito tarde pra eu voltar. A gente se encontra na frente do cinema então.

Na hora marcada, Edimar esperava com dois ingressos na mão. Mal avistou a namorada, adiantou-se com um beijo pronto para depositar nos lábios dela. Mas a demonstração de carinho foi abortada quando a moça começou a falar com ansiedade.

— Ai, Edimar, quase que eu não vim. Estou muito preocupada, minha tia começou a se sentir mal. Eu só vim porque não gosto de faltar quando combino.

Na saída, o professor cogitou da possibilidade de almoçarem juntos no dia seguinte.

— Vamos combinar assim: eu vou embora ver a minha tia e, amanhã, eu venho e a gente faz um almoço em casa, em vez de gastar em restaurante.

Edimar aceitou sem objeções, e o almoço dominical transcorreu em clima de casal. Ela metida numa calça comprida preta, um sapato baixo da mesma cor, uma blusa de malha de manga curta e gola redonda cobrindo até o pescoço, tomava conta da cozinha como se fosse a dona da casa. E para temperar a refeição com uma conversa diferente de lições, notas e provas, recorreram ao filme da noite anterior.

— Eu achei que fosse um filme mais romântico, sobre o amor. Mas é sobre um mulherengo que fica o tempo todo correndo atrás de tudo que é mulher que encontra, sem conseguir gostar de nenhuma. Fiquei decepcionada.

— Acho que o personagem buscava uma mulher ideal, naquilo que cada uma tem de particular. Ele se apegava a um único traço, uma particularidade que tornasse aquela mulher especial, diferente de todas as outras, o tom da voz, a intensidade do olhar, o tornozelo, e transformava esse fragmento numa imagem de perfeição feminina. O que ele amava não eram as mulheres, e sim o desejo que ele mesmo sentia por elas.

— Um pobre coitado que morreu sozinho, atirado no meio do asfalto.

— As mulheres foram todas ao enterro.

A censura em forma de rugas na testa de Mercedes fez com que Edimar se sentisse um aluno reprovado num teste oral. Não havia dúvidas de que ela não se interessava pelos sentimentos do personagem de Truffaut. Conversar sobre a escola representava menos possibilidades de atritos, e enveredaram pelas previsões da semana seguinte. Os planos didáticos conduziram o casal ao estofado da sala, ela com ar de quem cumpriu com esmero sua tarefa, e ele com o olhar embebido em agradecimento e satisfação. Os olhos da professora começaram a murchar e um bocejo escapou-lhe boca afora.

— Desculpa, mas é que eu não dormi direito essa noite, preocupada com a minha tia.

Ele sentou na ponta do sofá e ofereceu o colo para que a namorada deitasse. Ela não recusou a oferta, estendeu-se ao longo do móvel, espichou as pernas, tirou os sapatos, e apoiou os pés em cima da guarda e a cabeça sobre as pernas de Edimar. A mão dele deslizou pelos cabelos dela num afago, acariciou a pele do rosto e escorregou por baixo da blusa, mas foi contida pela mão dela, que apareceu pronta para estabelecer limites. Na ânsia de recuperar o tempo perdido, ele intensificou o ataque e as mãos se entrelaçaram numa luta em que o campo de batalha era os seios dela. Vencida, ela depôs as armas, e as bocas se uniram num acordo de paz.

— Vamos lá pra cama.

— Será que a tua cama aguenta duas pessoas?

— Eu nunca testei, mas acho que sim.

— Olha, se ela quebrar, eu não tenho culpa.

Pôs-se de pé, ajudou a namorada a levantar, enlaçou a cintura dela e caminharam assim, como uma única pessoa, para o quarto. Aproximavam-se da cama quando ouviram uma pancada na porta. Esperaram um instante, mas a batida insistiu. Edimar privou-se da namorada e foi atender. Mercedes correu à sala, juntou os sapatos, voltou para o quarto e fechou a porta.

— E aí, professor, anda sumido, não aparece mais no bar.

— Oi, Édison, entra.

O amigo obedeceu, andou até o meio da sala e avistou Mercedes, que voltava, já refeita.

— Desculpa, não sabia que tu tinhas companhia.

— Essa é a Mercedes, minha colega lá da escola.

— Ah, já entendi tudo. É um prazer te conhecer. Tu deves ser uma pessoa muito especial pra conseguir plantar as sementes do amor e da paixão nesse coração infértil.

Mercedes retribuiu o cumprimento, mas não se harmonizou com o tom exagerado de recitação.

— Mas eu só vim me despedir. Vou embora pra São Paulo esta semana. Resolvi aceitar aquela proposta de trabalho. Não vou atrapalhar vocês.

E abriu os braços para uma despedida. Mas Edimar não se animou a encerrar uma amizade de maneira tão repentina. Jurou que não havia o que atrapalhar, convidou a sentar e ofereceu uma bebida. E a tarde foi preenchida com reminiscências dos tempos da pensão na Riachuelo e os primeiros anos de faculdade.

— Lembras da dona Augusta?

— Como vou esquecer aquela velha?

— O Édison foi expulso da pensão onde a gente morava. Por causa de uma molecagem.

— E ainda fui preso. Quanta irresponsabilidade.

— Eu corria que nem um louco, e acabei contando tudo à velha Augusta.

— E eu levei um susto danado, mas não aconteceu nada. Eles me deram uns tapas na cara e me mandaram pra casa. Viram que eu era apenas um moleque inofensivo.

— Dia desses, eu passei lá na frente e não existe mais a pensão.

— A velha Augusta deve ter morrido, coitada.

Mercedes ouvia os relatos, ria das brincadeiras, mas não fez nenhum comentário sobre a sessão de nostalgia dos amigos. Eles divagaram ainda sobre os temas do momento, a situação política, as expectativas de futuro. Édison se mostrava mais comedido nas críticas e acabou por concluir que precisava fazer a parte dele, em vez de criticar os outros. Encerraram o encontro num abraço e várias promessas de se visitarem na primeira oportunidade. Quando Édison desapareceu no corredor, Edimar se limitou a comentar.

— Era meu único amigo.

Como resposta, Mercedes advertiu.

— Já é tarde, eu preciso ir ver a minha tia.

— Eu te acompanho.

Apesar da tentativa frustrada de efetivar o início de namoro e da partida do amigo, Edimar continuava alegre. A vida começava a salpicar a insossa rotina do professor e exigia alguns provimentos para uma degustação mais intensa.

A primeira ideia que lhe ocorreu foi comprar uma cama de casal. Bastou aludir ao fato e a namorada já se responsabilizou pelas providências. Num dia da semana, correram ao Centro munidos do comprovante de renda e endereço e, em menos de uma hora, Edimar esperava na fila do setor de crédito para retirar o carnê. Agendaram a entrega para sábado de manhã. E na ansiedade da espera, a namorada se transformou no único motivo de pensamento do professor.

Quando Mercedes chegou, no começo da tarde, ele nem atinou na importância de um detalhe: ela usava uma roupa diferente da habitual neutralidade assexuada dos encontros anteriores. Dessa vez, ela trajava uma saia verde, justa, pouco acima do joelho, uma blusa branca de malha decotada e sapatos de salto baixo. Assim que ela entrou, foi apresentada ao novo móvel do lar. Apalpou o colchão, sentou, apertou de novo, numa análise crítica. Terminada a vistoria, ela sentenciou.

— Acho que é boa, sim. Fizeste uma boa compra.

— Essa deve aguentar nós dois.

E atirou-se para cima dela.

O mês de abril chegou para amenizar o mormaço que assolou Porto Alegre naquele verão. O casal tornou-se um ser indistinto. Na escola, não desgrudavam mais um do outro, a ponto da diretora comentar que queria ser a madrinha do casamento. Nos fins de semana, curtiam a vida doméstica. Mercedes revelava-se uma dona de casa competente. Não demorou muito para tomar conta de tudo que dizia respeito à vida do namorado. Assumiu as decisões, comprava o que julgava necessário, trazia objetos de decoração. Logo no começo, implicou com o sofá, que julgava muito cafona. Certa vez, na Voluntários da Pátria, passaram por uma loja de aquários, ela demonstrou interesse em comprar um. Edimar argumentou que era grande demais, e tinham pouco espaço. Ela cedeu, mas jurou que, quando tivessem uma casa grande, ela teria um aquário. E assim terminou o ano de 1978. Edimar alojou-se no ninho confortável que a namorada confeccionou para ele. Um dia, Mercedes apareceu preocupada, a tia não melhorava nunca, ia ser hospitalizada, mas preferia ir para perto dos parentes em Pelotas. Então, ela se mudou de vez para a casa do namorado.

Edimar ignorou o clima de euforia que tomou conta das ruas naquele fim de ano. E desprezou a iniciativa do governo federal de abrandar a pressão e abolir os dispositivos autoritários que resultaram em exílios políticos. Lembrou apenas da previsão de Édison. Continuava feliz no aconchego doméstico construído pela namorada, agora elevada à condição de esposa. Tão entretido vivia, nem percebeu que as decisões de Brasília repercutiam em todos os cantos. Os jornais mostravam todos os dias uma revolta que explodia em forma de greves, passeatas e campanhas reivindicatórias. Na escola, a diretora se transformou numa líder, e aproveitava qualquer momento para proferir um discurso de incentivo à mobilização.

Às vésperas do Natal, Edimar recebeu duas cartas. Uma do amigo de São Paulo. Ele começava por dar notícias genéricas sobre o novo trabalho, continuava com as felicitações de fim de ano e assumia aquele estilo inconfundível de criticar os fatos atuais. Emendou uma sequência de comentários sobre os últimos acontecimentos. Edimar leu em voz alta para Mercedes.

— Esse discurso de anistia e revogações foi uma farsa. O general prometeu não bater mais em ninguém, mas continuou com o relho na mão; se as crianças fizerem barulho, apanham de novo. O Brizola e o Prestes não ganharam presente de Natal neste ano, mas, no próximo, vão organizar a brincadeira. Pode anotar isso.

A segunda carta veio da mãe e dava notícias do agravamento do estado de saúde do pai. Ele não saía mais de casa, vivia atirado na cama, e os médicos não acertavam no diagnóstico. Mercedes percebeu a mudança na fisionomia e pediu informação.

— Meu pai está doente.

— O que ele tem?

— Não sei. Uma vez ele foi preso, passou duas noites na delegacia, eu gastei um dia inteiro à procura dele, me mandavam de um lugar pra outro, voltei pra casa de noite sem encontrar ninguém. Ele nunca mais foi o mesmo.

O período letivo do ano seguinte começou com os professores em clima de apreensão. Eles se revoltavam contra a postura do novo general na presidência da República, que prometia fazer do Brasil uma democracia, mas, ao mesmo tempo, invadia os sindicatos de grevistas em São Paulo e confiscava jornais com matérias hostis ao governo. As categorias de classe se organizavam, o magistério agendava uma paralisação. Na escola, a diretora radicalizava o discurso e pressionava os colegas. Num intervalo na sala dos professores, Sueli questionou.

— Edimar, tu não vais aderir ao movimento? O povo está nas ruas, vamos escrever uma nova história do Brasil.

— Eu já sei como essa história termina.

— Tu és o professor de história. A história acontece nas ruas e não vais participar dela?

Edimar dava de ombros. Ele via a história como uma ciência a ser estudada em livros, uma idealização, mas nunca lhe ocorreu que pudesse mergulhar no fluxo dos acontecimentos e contribuir para direcionar alguma coisa. A verdade é que não tinha tanta convicção assim de que algo fosse mudar de fato. Compartilhava das desconfianças de Édison de que as mudanças de governo consistiam muito mais em encenações do que em reformas, tanto que, numa reunião de professores, mencionou o medo de um retrocesso. Como resposta, os colegas lhe lançaram um riso de desdém e a garantia de que, dali em diante, a vida dos brasileiros jamais seria a mesma.

E essa profecia logo foi concretizada para o professor Edimar, mas de uma maneira diferente daquela sugerida pelos professores. Em meados de abril, ele foi sozinho a uma assembleia da categoria porque Mercedes precisou ir ao médico. Ao chegar em casa à noite, Edimar encontrou a mulher aflita e nem teve tempo de fechar a porta ao entrar. Ela correu ao encontro dele com um envelope na mão. Estava grávida.

No último ano, a vida do professor havia sofrido uma espécie de mudança de eixo. No tempo em que vivia sozinho, os estudos e as aulas preenchiam uma existência de horizontes limitados. Mas, com o início de um romance, a atenção foi desviada para outros focos, e a reavaliação dos referenciais anteriores se impôs. Em consequência, aquela rotina de aulas pareceu desprovida de qualquer sentido. O Brasil atravessava um período histórico decisivo, era verdade, mas ele não conseguia apreender o sentido daquela agitação toda. A história que ele idealizava consistia na contemplação de um passado repleto de emoções e intenso de significados. Mas ele entrevia naquela confusão de discursos sobre os acontecimentos presentes que esses significados não faziam parte da essência dos fatos, eram apenas explicações que os protagonistas davam a eles. Se a história era aquela barulheira que se ouvia nas ruas, ela não tinha graça nenhuma. Numa manhã, quando se aprontavam para mais uma reunião, ele afirmou:

— Eu não vou.

— Não vais à assembleia?

— Não. Não quero mais ser professor.

— Édi, tu estás bem?

— Sim. Tenho pensado muito sobre a minha vida nos últimos meses. Não aguento mais passar um dia na frente daqueles alunos relatando fatos insignificantes e descrevendo personagens idealizados.

E acrescentou mais uma série de reclamações sobre a carreira, a falta de interesse dos estudantes, a ausência de expectativas profissionais e, por fim, suas próprias deficiências. Mercedes ouvia tudo com a atenção compreensiva de uma mãe e, quando ele acabou o desabafo, ela perguntou apenas o que ele pretendia fazer.

— Esquece essa greve a vamos pra Santa Maria. Quero que conheças os meus pais.

No fim da semana, o casal embarcou na rodoviária e deixou que a história seguisse seu rumo por conta própria.

Capítulo 7

Dia 28 de fevereiro do ano de 2003, uma sexta-feira, véspera de carnaval, Edimar completou cinquenta e três anos de idade. Seria um dia como outro qualquer, pois o aniversariante se recusava a festas de aniversário. Porém, nesse dia, pela lei em vigor, Edimar conquistou o direito à aposentadoria.

Por decisão da mulher, o casal foi passar o feriado em Torres, pois Mercedes insistia na ideia de vender a casa. Pesquisaram imobiliárias, conversaram com corretores e o resto do tempo Edimar consumiu em caminhadas sozinho pela praia de manhã cedo e no fim da tarde, um cochilo após o almoço, e a espera pela volta a Porto Alegre. A filha ligou, parabenizou o pai, desejou-lhe muitas felicidades e se desculpou por não poder comparecer. Iam aproveitar o feriado para descansar um pouco e visitar uns amigos do Celso em Punta del Este. A esposa se entretinha na lida doméstica, com a faxina da casa e as idas ao supermercado, e não atinava com a ansiedade do marido. A distância de Rose começava a produzir efeito. Nas duas últimas semanas, havia encontrado com ela quase todos os dias. Inventava qualquer pretexto para sair de casa mais cedo e passava na casa dela, nem que fosse só para cumprimentar. Algumas vezes, foram almoçar juntos. Em casa, para justificar a mudança da rotina, inventou um excesso de serviço; muita gente de férias e os que ficaram se sobrecarregaram de tarefas. Uma noite, para se desculpar da chegada em casa às dez horas, disse que tinha ido ver Edgar, o amigo do trabalho, em licença de saúde. Como um colegial que gazeia a aula para se divertir nas travessuras que os pais não permitem, ele passava boas horas da manhã ao lado de Rose. Ela contava os fatos mais importantes da própria vida. Quando adolescente, trabalhava numa fábrica de toalhas em Joinville. Não levou adiante os estudos por falta de força para enfrentar a fadiga de um dia de trabalho mais um turno de aula. No emprego, envolveu-se com um dos supervisores, um homem casado. Um dia, demitiram uma turma, ela foi junto. Com o dinheiro da indenização, viajou para Florianópolis e se matriculou num curso de informática, mas não gostava muito da cidade por causa do excesso de turistas no verão. Noutra oportunidade, veio conhecer Porto Alegre, gostou, arrumou um emprego e ficou. Gostava mais do clima da capital gaúcha, que achava mais parecido com o de Joinville.

Edimar não questionava esses relatos. Apenas, em alguns momentos, pedia mais esclarecimentos sobre um ou outro ponto, sem pôr em dúvida qualquer resposta que ela lhe desse. Durante duas semanas, ele viveu como um adolescente apaixonado. O encanto só começou a quebrar quando ela comunicou que iria a um baile de carnaval com Jurema. A reação dele foi instintiva, já começava a reivindicar direito de posse sobre a mulher.

— Ué? Tu não vais pra praia com a tua mulher? Eu não quero ficar sozinha em casa no carnaval.

Ele calou. Mas a ansiedade o acompanhou em cada momento dos quatro dias de folga, e a impaciência atingia o nível do desespero quando ele insistiu para voltarem pra casa na terça-feira. Contra os argumentos da esposa de que podia aparecer alguém interessado na casa, ele contrapôs que, no fim do feriado, o trânsito de volta seria mais intenso, mais perigoso, e muito cansativo. Por fim, ela cedeu, depois de conversar com os corretores, deixar o telefone residencial e pedir bastante empenho no negócio. O retorno ao lar foi carregado de expectativa. Na manhã da quarta-feira de cinzas, a esposa desceu para tirar uma sacola de lixo, ele telefonou. Ninguém atendeu.

A primeira tarefa a cumprir na volta ao trabalho foi protocolar o pedido de aposentadoria. A documentação necessária estava pronta desde muito antes, mas o deferimento levaria de trinta a sessenta dias. Mais uma espera. No setor de trabalho, as tarefas de rotina não serviam mais de distração e, em poucos instantes, o sono começou a pesar. Ele entrou no banheiro, lavou o rosto, voltou, serviu um cafezinho. Telefonou algumas vezes, sem êxito. Cada vez que o telefone tocava, ele aguçava o ouvido na esperança de um chamado, mas nunca era para ele. A tarde escorreu no mesmo ritmo de sempre, e bastou o relógio anunciar o fim do expediente, ele desligou o computador e lançou-se porta afora. Desceu a escadaria. Na saída do portão, sentiu um toque no braço.

— Oi, vim fazer uma surpresa.

Uma mistura de alegria e cansaço emocional sufocaram-lhe a voz. Por fim, disparou quase como uma acusação.

— Eu te liguei várias vezes hoje, por que não atendeste?

— Ué, eu voltei a trabalhar, minhas férias acabaram.

— E de manhã também?

— Não, de manhã precisei sair, e fui direto pro serviço. Na corrida, esqueci o celular em casa.

— Ah, desculpa, eu não lembrei que voltavas hoje ao trabalho.

O prazer do reencontro inesperado e o alívio pela justificativa do sumiço apagaram o rancor e os acessos de ciúme sofridos durante o dia. Ela usava uma saia preta até o joelho e uma blusa branca de manga curta, abotoada até o pescoço, o cabelo solto sobre o ombro e um sapato de salto. Aquele visual discreto de uniforme emprestava a Rose um ar de seriedade e elegância, e ela parecia ainda mais desejável. Mas ele não podia ceder aos instintos ali na frente do prédio.

— Eu te levo em casa.

Dentro do automóvel, protegido dos olhares maldosos, Edimar procurou se redimir da mágoa. Segurou a mão da amante e ensaiou um gesto de carinho, mas Rose estava séria e não correspondeu ao afeto. Ele tentou um beijo, ela ofereceu-lhe apenas a face, sem incentivar o desejo que inflamava os olhos dele.

— Algum problema?

— Sim. Acho que vou ter que voltar pra Joinville. Minha mãe está doente, não tem plano de saúde, e médico da rede pública demora muito. Vou ver se acho um particular.

— O que ela tem?

— Minha mãe é velha, trabalhou no pesado a vida toda. Doença natural.

— Não tem ninguém lá que faça isso?

— Não. Meu único irmão é casado, tem a família dele, mora no Paraná. Essas coisas sobram sempre pra mim, que sou sozinha. Tenho que arrumar dinheiro pra pagar um hospital pra ela.

— Vais perder o teu emprego.

— Não faz mal, aquilo lá é uma chatice mesmo.

E despejou um repertório de queixas sobre a empresa, a falta de expectativa, o salário miserável e desprezo pelos colegas, que ela considerava gente sem cultura nenhuma.

— Só lamento não poder fazer o meu curso de maquiagem. Acho que lá em Joinville não tem.

— E eu vou perder a tua companhia.

Sem dar ouvidos à lamentação, ela continuou um devaneio sobre planos.

— Quem sabe eu faça um concurso público e fique por lá mesmo pra cuidar da minha mãe.

Percorreram um longo trajeto em silêncio, ela com o rosto voltado para o lado de fora, através da janela do carro. Edimar ruminava a ameaça de abandono. De repente, ela virou para ele, na euforia de quem descobriu uma solução.

— Édi, será que tu podias me emprestar uns mil reais? Aí eu vou a Joinville, levo minha mãe ao médico e volto, arrumo outro emprego e te pago.

— Mas de onde eu vou tirar? Eu só tenho uma caderneta de poupança conjunta com a minha mulher. Eu tenho salário, não tenho dinheiro.

— Ai, Édi, eu queria tanto ficar em Porto Alegre.

— Eu vou ver o que posso fazer e amanhã eu te ligo.

O carro estacionou na frente do prédio, Edimar desligou o motor. Mas antes que ele abrisse a porta, Rose inclinou-se sobre ele, deu lhe um beijo de leve na face.

— Tchau. A gente se fala.

— Eu vou descer contigo.

— Não, querido, hoje não dá.

Edimar mergulhou mais uma vez na mesma confusão de sentimentos em que se debatera o dia todo e passou parte da noite sem conseguir pegar no sono. No café da manhã, a esposa interrompeu o silêncio com interpelações rotineiras.

— E o Edgar, melhorou?

— Quem?

— O Edgar, teu amigo, não andava doente?

— Ah, sim. Doença de funcionário público.

Não havia mais o que dizer. Na verdade, nem ele mesmo sabia onde andava o antigo parceiro de trabalho. Naquele mesmo dia, no início do expediente, avistou o amigo ao sair do elevador.

— E aí, meu velho garanhão? Pensa que eu não sei? O falso puritano mandou ver lá com a loira. Até parece que ficou mais jovem. A propósito, feliz aniversário. E vê se pega logo essa aposentadoria e vai descansar.

Edimar contou em resumo o que tinha acontecido. Um relato intercalado por interjeições de dúvidas e de frustração.

— Faz o seguinte, Édi. Esquece. Mulher é assim mesmo, não dá pra levar a sério. Larga essa e arruma outra. Tem muita mulher aí louca pra dar pra qualquer um.

Edimar não se conformava. Edgar avaliou a aparência do amigo.

— Édi, tenho um monte de coisas pra fazer. Saio de férias na semana que vem. Vou emendar com a Páscoa. Vamos tomar uma cerveja antes, aí a gente conversa.

O resto da semana foi um retorno à rotina. No jantar de sexta-feira, a esposa anunciou que, no fim de semana, teriam a neta em casa. Vânia tinha um compromisso importante no sábado, pediu para a mãe ficar com a menina. Ao contrário do que acontecia antes, Edimar não se entusiasmou com a notícia. Terminou de engolir a comida e se abancou na frente do aparelho de televisão, sem nem atinar para o programa. Em poucos minutos, a cabeça pendia sobre o peito. Despertou quando a esposa apagou a lâmpada da sala. Desligou a televisão e entrou no quarto.

Edimar dormiu apenas um breve cochilo e amargou uma vigília até o clarear do dia. Havia vários anos a rotina noturna seguia o mesmo padrão A modorra vencia qualquer tentativa de resistência, e ele acabava na cama cedo, dormia algumas horas e passava o resto da noite em claro, até que a exaustão física lhe induzia a um estado de inconsciência, que mais parecia um desmaio do que sono. Recobrava os sentidos por volta das oito da manhã, sem disposição para nada.

Naquele sábado, abriu os olhos, estava sozinho na cama. Entrou no banheiro, jogou água fria no rosto e saiu do quarto. Entrou na sala e foi recepcionado por uma voz conhecida.

— Bom dia, doutor Edimar. Dona Mercedes foi à feira, disse que já volta.

Seu Dino, de pé diante do aquário, um alicate na mão direita e um pedaço de fio na esquerda.

— Vou fazer uma extensão pra botar o aquário lá naquele canto.

Sobre a mesa, uma xícara, um pires e talheres. Sentou à mesa, virado para a janela, de costas para o meio da sala, na esperança de abortar qualquer tentativa de diálogo do porteiro. Permaneceu calado até o momento em que ouviu um barulho de chave na porta. A neta surgiu em seguida e saltou para o colo do avô.

— Bom dia, doutor Edimar, como vai o senhor?

A segunda vez que lhe chamavam de doutor em menos de uma hora. A primeira, por subserviência; a outra, só podia ser deboche.

— Bom dia, filha.

— Como vão as coisas por aqui?

— O de sempre.

— A mãe me falou que tu andavas cheio de serviço, trabalhando até mais tarde, saindo cedo.

— É. Nessa época, é sempre assim. Mas agora normalizou tudo.

— Mas sempre dava tempo de fazer um lanchezinho de tarde. Não passaste fome, nem tiveste problema de náuseas, né, pai? Tu pareces bem corado.

A filha usava um vestido longo, estampado de motivos florais. A pose ereta, adquirida nas aulas de dança clássica na infância e mantida na pretensão vaidosa da mulher adulta, emprestava-lhe um ar de superioridade diante da postura curvada do pai. Apesar da simpatia fingida, o olhar cheio de ironia, que controlava todos os movimentos, traía o instinto da cobra prestes a saltar sobre a presa. Edimar apelou para neta, mas Vânia não dava chance de recuperação:

— Filha, deixa o vô tomar café, mais tarde ele te leva pra brincar.

A menina se desvencilhou do avô, correu para o aquário e fechou o círculo com as mãos pelo lado de fora do vidro, em mais uma brincadeira de aprisionar o peixe.

— E vocês, como estão? E a inauguração da banca?

— Em maio. Vamos esperar passar a Páscoa. Meu sogro precisou adiar a viagem a Porto Alegre. Acho que deve estar com excesso de trabalho também. Sabes como é Brasília nesta época do ano, né, pai?

Edimar não encontrava força para enfrentar a presença da filha. Não precisava encarar o rosto dela para pressentir a intenção de reprimenda.

— Toma um cafezinho, filha. A tua mãe saiu, mas não demora.

— Não, obrigada. Estou com pressa, não posso demorar.

Puxou outra cadeira, sentou ao lado da mesa. E, com uma voz que mais parecia um sussurro de confissão, acercou-se do pai sem dar a menor chance dele reagir.

— Pai, deixa eu te dizer uma coisa. Eu não sou uma simplória, como a coitada da minha mãe. E tu sabes que eu conheço muito bem a rotina da Justiça. O teu excesso de trabalho começou no mesmo dia em que eu te vi com aquela piranha no lanche. Ela segurando a tua mão, muito meiga, muito carinhosa, tu todo sorridente, como eu há muito tempo não te vejo sorrir. Toma juízo com o que tu andas fazendo. Tu não és mais um adolescente, e nem um pobre diabo deplorável como aquele teu amigo Edgar. Eu vi muito bem que tipo de mulher é aquela. Deixa de ser ingênuo, ela vai inventar uma gravidez e vai tirar tudo o que tu e a mãe conseguiram com tanto sacrifício.

Edimar não contestou. Cabeça baixa, os olhos grudados na toalha da mesa, sem coragem de encarar a filha. A porta abriu e a esposa entrou cheia de sacolas. A neta correu para ajudar a vó. Mercedes descarregou as compras, aproximou-se da mesa, deu um beijo na filha e voltou-se para o marido:

— Édi, aquele grupo de viagens que eu acompanho vai organizar uma excursão para as Missões Jesuíticas na Páscoa. Tu não queres ir comigo? Lá é tão lindo.

— Isso pai, vai com a mãe, vai ser bom pra descansar, tu tens trabalhado tanto.

— Eu já conheço as Missões.

— Eu e o Celso também vamos viajar na Páscoa. Tu vais ficar aí sozinho.

— Eu não tenho medo da solidão.

Vânia ainda recomendou que ele pensasse melhor sobre a proposta da mãe e aproveitasse o feriado para se desentediar um pouco. Mas ele sabia que aquela preocupação fingida tinha outro significado. A esposa voltou para a cozinha, a filha se despediu. O tédio tomou conta do resto do fim de semana. Nem o passeio com a neta foi capaz de tirar Edimar da prostração a que foi jogado. Apesar de ter prometido ligar para Rose no dia seguinte ao último encontro, não conseguiu mais falar com ela.

Na segunda-feira, chegou ao trabalho e foi procurar o amigo. Ouviu uma série de reprimendas, ele se comportava como um adolescente, tinha que agir como homem, dominar a situação, se a mulher se fazia de difícil, arrumasse outra. E mais uma semana transcorreu sem que ele desfrutasse dos braços da amante. Telefonou várias vezes. Um dia, encerrou o expediente e foi até a casa dela, apertou a campainha, esperou, mas não ouviu resposta.

Nesse meio-tempo, Edgar convidou para uma cerveja de despedida no fim de semana. Ia sair de férias e não se veriam mais como colegas de trabalho. Queixava-se de cansaço, ficaria trinta dias na praia com Jurema, como se fosse um chefe de família.

— Chega de farra. A Jurema é uma mulher legal, divertida, gosta de festa. É hora de entregar os pontos e ficar só com uma.

Edimar recusou o convite. Acompanhou o amigo até o corredor, despediu-se com um abraço e esperou até que ele sumisse de vista.

Passou o fim de semana em casa. Só dava pela presença da esposa quando ela chamava para alguma tarefa ou anunciava a hora da refeição. No mais, dormia ou se encerrava na biblioteca a folhear algum livro. A filha cancelou as visitas da neta nos fins de semana sob a alegação de que o avô andava muito cansado. Edimar sabia muito bem que se tratava de um castigo. No domingo, ao final de uma noite de insônia, tomou uma decisão.

Às dez horas da manhã do dia seguinte, entrou na agência bancária do Menino Deus. Depois de tanto refletir, concluiu que um saque do cheque especial não iria afetar a sua vida a ponto de comprometer as finanças. Com o tempo, daria um jeito. Pegou o dinheiro no caixa eletrônico, enfiou no bolso e, na pressa da saída, ouviu alguém chamar o seu nome. Voltou-se sem reconhecer a mulher que se aproximava.

— Então, chefinho, não conheces mais as colegas?

— Oi, Cristina. Custei a te reconhecer.

A antiga funcionária exibia agora um visual mais recatado. Bem acomodada dentro de um terno de executiva, quase não lembrava a jovem extrovertida de cinco anos antes.

— Tu trabalhas aqui?

— Sim. Agora, sou concursada. Larguei a vida de estagiária. E tu?

— Eu também larguei a vida de diretor.

Ela deu uma gargalhada. Mas parecia mais contida com aquela cabeleira cacheada presa sobre a nuca. Edimar não encontrava assunto e se limitou a repetir perguntas. Por fim, perguntou as horas. Ela consultou o relógio do pulso e deixou à mostra uma aliança na mão esquerda.

— Ah, eu também casei.

— Parabéns.

— Com um colega daqui, que foi meu supervisor no começo. Aí, trabalhando muito tempo junto, sabe como é.

Edimar não queria saber como era. No tempo em que exerceu o cargo de chefia, sequer cogitou se envolver com uma subordinada, ainda que uma delas fosse Cristina, aquela exuberância maliciosa ali na sua frente, que tanto lhe testava os limites no tempo das caronas. Sabia apenas que precisava ir embora, entregar o dinheiro para Rose e passar mais uma hora que fosse entre os braços dela. Despediu-se da antiga estagiária e, no primeiro telefone público, tentou mais uma vez falar com Rose, sem sucesso. Foi direto para o trabalho e, durante toda a tarde, intercalou tarefas e tentativas de ligação. Pelo fim do expediente, ela atendeu.

— Poxa, Édi, quando é que tu vais ter um celular? Eu estava tentando falar contigo há horas.

Percorreu o corredor e deu um toque no botão da campainha. A porta abriu, ele avançou. Possuído pela ansiedade, acusou a amante pelo abandono que vivera nos últimos dias e exigiu uma explicação. Com a naturalidade dos inocentes, ela alegou coincidências do destino. Saía todos os dias de manhã cedo e voltava à noite. Enviou currículo a várias empresas e também procurou médico para a mãe consultar em Porto Alegre. E ainda sofreu o infortúnio que o celular estragou. E que tentou falar com ele várias vezes, mas deve ter ligado o número errado, porque ninguém atendia. Sob o peso de tantas desculpas, Edimar se desarmou e conseguiu controlar a excitação que o dominava. Além do mais, não dispunha de forças para resistir à tentação que lhe atiçava os sentidos. Ela vestia apenas uma camisola de renda preta, em contraste com a pele loira. Ao contemplar aquele corpo jovem ali disponível, ele reviveu a sensação de orgulho viril há muito tempo perdida. Ela pegou-o pela mão e conduziu até o sofá.

— Eu fiz um café, quer um também?

— Sim, aceito.

— Então, senta aí que eu já volto com um cafezinho bem gostoso pra ti.

Ela voltou, serviu o café e sentou ao lado dele.

— Então, como foi o teu dia?

Ele achava essa pergunta meio boba, uma fala decorada que as pessoas repetiam quando não tinham mais nada para perguntar. Mas, saída dos lábios dela, parecia-lhe diferente, aparentava interesse real.

— Igual aos outros. Os meus dias são todos iguais.

Olhava o ambiente. Na parede, os quadros imitavam flores.

— Pelo jeito, tu gostas muito de flores.

— Eu adoro flores. Toda mulher gosta de flor. Esses quadros eu comprei ali no calçadão da Rua da Praia.

O assunto se limitava a essas perguntas óbvias.

— E tu, gostas de quê? Tu és uma pessoa tão triste.

— Eu não gosto de nada. Mas gostei de te conhecer.

Os olhos dele encontraram os dela, mas desviaram depressa. Ele se sentiu meio idiota por falar aquilo.

— Conseguiste o dinheiro pra mim?

Meteu a mão no bolso, pegou a carteira, puxou um envelope amarrado com atilhos e largou no colo dela.

— Querido, tu mereces uma especial hoje.

Ela rasgou o invólucro, atirou o maço de notas em cima da mesa e saltou no colo de Edimar, acavalou-se sobre as pernas dele. Ele se limitou a perguntar:

— Soubeste notícias da tua mãe?

— Ela continua doente, mas com esse dinheiro ela vai ficar boa, graças a ti.

Ela envolveu o amante nos braços, cobriu-lhe a boca e o rosto de beijos, apoiou a cabeça sobre o ombro dele e murmurou ao ouvido, como um segredo muito íntimo:

— Tu és um cara muito legal.

Rose viajou para Joinville com a promessa de voltar assim que pudesse. Edimar se livrou do ressentimento do abandono e, nos dias seguintes, mergulhou na rotina. Volta e meia, as palavras de censura da filha lhe invadiam a mente. Além disso, a imagem da amante era a todo instante revista e repintada com matizes diferentes. Às vezes, ele amargava a sensação de ter caído num golpe barato e, logo adiante, alegava que viveu uma vida de continências em nome da família e, se não visse mais nem Rose nem o dinheiro, pelo menos as horas que passara ao lado dela haviam sido muito boas. A consciência das privações autoimpostas incendiou a memória com alguns momentos já há tempo apagados. Incitado por uma dessas lembranças, ele saiu cedo numa manhã e entrou no banco onde Cristina trabalhava. Encontrou a ex-funcionária ao telefone, sentou na poltrona na frente dela e abanou. Ela retribuiu o aceno e encerrou a ligação.

— Bom dia. Que surpresa.

— Pois é, aquele dia eu estava com muita pressa, nem pude conversar. Hoje resolvi te visitar, se não estás muito ocupada.

— Nada que não possa esperar.

E entabularam uma conversa entre sorrisos e gentilezas recíprocas. Ele afirmou que ela continuava linda e ouviu que a beleza está nos olhos de quem vê. E daí para troca de informações pessoais. Ela havia comprado um apartamento no bairro, gostava de trabalhar perto de casa.

— Então, somos vizinhos. Isso me deu uma ideia muito boa. A gente podia almoçar juntos um dia desses.

— Que pena, mas o meu marido só almoça em casa. E já que ele trabalha aqui no terceiro andar, eu almoço sempre com ele.

O entusiasmo durou pouco, mas o orgulho de arriscar uma tentativa espantou a ameaça de frustração. O telefone tocou, ela atendeu, murmurou alguns monossílabos e largou o aparelho.

— Edimar, me desculpa, mas eu tenho uma reunião agora. Muito obrigada pela visita. Aparece quando quiser.

Saiu do banco e caminhou pela José de Alencar; o expediente no trabalho só começava à uma da tarde. Perambulou pelo bairro e se viu em frente ao shopping. A negativa sem rodeios de Cristina lhe trouxe de volta a saudade de Rose. O receio de golpe desapareceu com a decisão de esperar a amante com um presente. E a única opção que lhe ocorreu foi um livro. Nos corredores da livraria, procurou a estante de história. Não encontrou nenhum título conhecido e passou para a de literatura estrangeira. Desprezou as edições populares de romances clássicos, segurou uma brochura em cinco volumes de *Em busca do tempo perdido*. Analisava a encadernação quando ouviu um chamado.

— Edimar?

Ao atender a voz que pronunciou seu nome, deparou-se com um homem em traje social.

— Sim.

— E, aí, professor. Não lembras mais dos amigos?

— Édison? Não é possível. Como estás diferente.

E os dois velhos amigos se abraçaram e festejaram aquele reencontro com interjeições de alegria, risadas e novos abraços.

— E tu não mudaste quase nada.

— O que andas fazendo por aqui? Não acredito que voltaste pra província.

— Não. Estou apenas de passagem. Vou pra Caxias, passar o feriado de Páscoa com os meus velhos. Não vejo meus pais há vários anos.

Saíram da livraria e procuraram um lugar vago na praça de alimentação. Acomodaram-se e pediram dois cafés.

— Há quanto tempo a gente não se via?

— Desde que foste embora pra São Paulo, há vinte e cinco anos.

— É verdade, tu tinhas arrumado uma namorada, e eu te peguei de calça na mão quando fui me despedir. Lembras?

— Sim. A Mercedes. É minha esposa ainda. Temos uma neta já de quatro anos.

— Eu já estou na terceira. Nunca consegui um casamento que durasse tanto tempo. Por outro lado, não tenho filhos. Ainda não sei se isso é bom ou ruim.

E se entrosaram numa troca de lembranças onde apareceram as reuniões regadas a cerveja na Osvaldo Aranha, o apartamento na Cidade Baixa, a pensão na Riachuelo, a pichação do viaduto e a detenção de Édison.

— E qual é a tua profissão hoje? Mudaste de trabalho também?

— Sim. Estou sempre buscando me aprimorar, investigando novas possibilidades. Minha especialização é a pesquisa social, tendência de mercado, essas coisas assim, mas sou muito curioso. E tu, abandonaste mesmo a vida de professor?

— Sim, entrei no serviço público, e já estou esperando a aposentadoria a qualquer momento.

— Aposentadoria? Aos cinquenta e poucos anos?

— É a lei, não estou fazendo nada errado.

— Não me refiro a isso. O que vais fazer aposentado? Já tens planos?

— Não.

— E a história? Desististe dela também?

— A história que eu encontrei no curso e no magistério não era a que eu sonhei. Não tinha nada a ver comigo.

— Engano teu, meu amigo. Lembras daquele livro de cartas de um soldado da batalha de Waterloo? Daquilo tu gostavas. Eu encontrei uma edição original daquele livro quando estive em Londres. Lembrei de ti e comprei um. Tenho lá em casa. Pois esse tipo de abordagem, hoje, se chama micro-história e virou moda nos anos 80. Se tivesses continuado, terias te encontrado nele.

— Pois é. Já li sobre isso em resenhas de livros. Hoje, eu tenho a sensação de que desisti muito fácil. Mas agora...

— Agora, tu te aposentas e ficas com o tempo todo livre pra estudar.

Até aquele momento, a aposentadoria significava para Edimar apenas a absolvição de uma rotina medíocre, mas não havia nenhum plano para o futuro, nenhuma atividade em vista. Um referencial de partida, sem previsão de um ponto de chegada. Édison foi servido de mais um cafezinho, Edimar não queria mais.

— E o que estás achando da nossa atual situação política? Até que enfim a esquerda no poder.

Édison soltou uma gargalhada que lembrou o garoto sem pudores dos tempos da Osvaldo Aranha. Passou um guardanapo nos lábios e sorveu mais um gole de café.

— Olha, meu amigo, eu sou um observador, não um doutrinário. Lembra? Espera aí um ano ou dois até passar o deslumbramento e, então, a gente poderá rir pra valer.

Édison consultou o relógio no pulso, Edimar também precisava ir trabalhar. Trocaram endereços, telefones e juraram manter contato. Antes da despedida, Édison cobrou a promessa de visita feita em 1978 e nunca cumprida. Edimar acompanhou o amigo até o ponto de táxi, esperou que ele entrasse no automóvel. Assim que o amigo dobrou a esquina da Ipiranga, ele chamou o próximo carro. Em menos de uma hora, estava de volta à mesa de trabalho. Ao chegar à repartição, deu-se conta de que tinha esquecido o presente para Rose.

O pedido de aposentadoria continuava sem resposta. Lembrou-se de Marcos, de dona Marisa. Ligou para o consultório, mas o médico estava em atendimento.

Outro dia, saiu mais cedo de manhã, dirigiu até Ipanema. Mesmo consciente da improbabilidade de êxito, tentou uma conversa a sós com a velha. A mesma enfermeira de antes deu a mesma resposta de antes: não tinha permissão para deixar ninguém falar com a paciente.

O mês de abril chegou sem notícias de Rose. Pela metade da primeira semana, Edimar recebeu uma ligação. Correu ao telefone com a certeza de ouvir a voz da amante, mas quem se identificou foi Marcos. Desculpou-se pela demora, ele viajava muito, coisas da profissão, e a mãe se recusava a falar nos tais documentos. Mas, ao concluir que os papéis existiam, ele tinha mudado de estratégia. Passou a indagar por vias indiretas, sem mencionar professor nem nada que lembrasse o assunto. Então, juntou informações ao longo de vários encontros e concluiu que ela tinha deixado alguns pertences em Santa Maria, na casa de uma parenta. Se houvesse alguma coisa, deveria estar lá.

— O nome dela é Marta. É meio maluca, mas tu podes ir lá. Eu já liguei pra ela.

Capitulo 8

Para um jovem de vinte anos, que fazia a primeira viagem sozinho, a chegada à capital significava uma aventura digna de romances picarescos. O esboço de mapa na mão indicava que procurasse o Mercado Público, subisse pela Borges de Medeiros até a Riachuelo e dobrasse à direita, para o lado da Biblioteca Pública. Agarrado a uma mala, o garoto se manteve no caminho traçado com antecedência. Pelo meio da tarde, parou na frente de um prédio antigo de dois andares e conferiu a numeração. Uma placa na parede indicava o destino procurado.

Não encontrou nenhuma campainha, mas a porta da frente aberta dava acesso a um corredor. Ele entrou. As pisadas dos sapatos nas tábuas do assoalho devem ter anunciado sua presença, pois, de uma sala ao fundo, surgiu uma mulher coberta do pescoço até abaixo do joelho por um vestido verde de mangas curtas, que perguntou se ele procurava alguém.

— A dona Augusta.

— Sim, sou eu.

Ele largou a mala no chão e se adiantou com a mão estendida.

— Boa tarde. Meu pai fez a reserva de um quarto pra mim, vou morar aqui por uns tempos.

— Como é o teu nome?

— Edimar.

— Ah, tu és de Santa Maria, né?

— Sim, cheguei agora.

A recepcionista conduziu o novo hóspede aos aposentos e, no caminho, informou que a pensão abrigava vários estudantes da idade dele. O cabelo branco e bem alinhado, o porte roliço e uma voz forte davam à locutora um ar de imponência e autoridade. Entraram no quarto e Edimar avistou uma peça grande com duas camas, uma abaixo da janela e a outra na parede oposta, cada uma delas ladeada por uma mesinha de cabeceira com uma lâmpada. Entre os leitos, um roupeiro. Ao lado da entrada, uma mesa maior com duas cadeiras e alguns livros espalhados evidenciavam o aspecto estudantil do ambiente.

— Conforme combinado com o teu pai, tu ficas num quarto com outro rapaz. É pra ficar mais barato. Mas não te preocupes, ele também é estudante, vocês vão se dar bem.

Edimar mal largou a bagagem e foi conduzido de volta ao andar de baixo para conhecer o resto do estabelecimento. Atravessaram a sala de recepção e entraram noutra maior, onde se viam algumas poltronas dispostas com regularidade na frente de um aparelho de televisão. Como enfeite, apenas um vaso de flores ao lado da entrada e um crucifixo pregado acima da porta. A própria hospedeira reafirmava a simplicidade dos cômodos, mas realçava que a maior característica do estabelecimento era a firmeza na administração de regras de convivência entre os hóspedes. A pensão só aceitava rapazes e não permitia a entrada de moças nos quartos. Amiga ou namorada só podiam ser recebidas naquela sala, em horários adequados. Dona Augusta convidou para passar ao refeitório. Ali, reinava a mesma austeridade, mas Edimar não atinava mais às minúcias enumeradas pela mulher. Registrou apenas a informação de que o almoço era servido entre onze e meia e uma e meia da tarde.

— E por falar nisso, tu não almoçaste, né?

— Ainda não, mas não estou com fome.

Ela então indicou algumas lancherias na rua onde ele poderia fazer um lanche para esperar a janta, que seria servida das sete até as oito e meia da noite.

Ansioso por desbravar novos espaços, Edimar almejou a rua logo que dona Augusta terminou as recomendações. Entrou no primeiro estabelecimento que anunciava refeições e pediu um café com sanduíche. Engoliu o lanche com a avidez dos famintos e vagou pelas redondezas. Não sabia para que lado seguir, mas o desconhecimento lhe dava a vantagem de um grande número de opções. No entanto, optou por tomar o rumo do único endereço que conhecia de nome, por ouvir o pai falar muito, a Praça da Matriz. Caminhou entre as árvores, avistou o Palácio Piratini e a Catedral Metropolitana, mas não se entusiasmou pela imponência cívica nem pela solenidade religiosa. A imaginação repleta dos relatos que lera sobre os vários acontecimentos históricos que impregnaram de significados aquela arena. E se imaginou ali, nove anos antes, na

Campanha da Legalidade, no meio de valentes, coragem no peito e arma na mão, em defesa de uma causa digna de morrer por ela. E com esses devaneios, perambulou pelo Centro em busca de novas descobertas. Desceu a General Câmara e chegou à Rua dos Andradas. De uma velha edição das Antigualhas, do professor Coruja, ele sabia ser aquela uma das ruas mais antigas da cidade, palco de muitas cenas importantes na vida dos gaúchos do passado, num tempo em que todos os habitantes de Porto Alegre se conheciam pelo nome, colocavam-se apelidos e compartilhavam o cotidiano na base da boa convivência entre vizinhos. Mais algumas quadras, entrou no Mercado Público, do qual tinha uma imagem construída a partir de textos e fotografias de jornal. Dentro da construção centenária, abstraiu a mesquinhez do comércio popular, e a fantasia se perdeu num tempo em que autoridades, artistas, intelectuais, homens bem-vestidos e elegantes circulavam por ali, acompanhados de senhoras distintas e recatadas. Quantos dramas tiveram início ou desenlace embaixo daquele teto!

Voltou para a pensão no fim da tarde. Subiu as escadas e entrou no quarto. Empurrou a porta no mesmo momento em que ela era puxada pelo lado de dentro e se viu frente a frente com um rapaz imberbe, cabelos compridos, que segurava a outra maçaneta. Com uma familiaridade de velhos amigos, o outro estendeu a mão acompanhada de um sorriso em que transparecia intenção de camaradagem.

— Oi, tu deves ser o Edimar.

— Sim.

— Prazer, eu sou o Édison. Entra e fica à vontade, que a casa é tua. Quer dizer, é nossa.

Edimar entrou e o novo parceiro encostou a porta.

— Já conhecias Porto Alegre?

— Já tinha vindo uma vez com meu pai, mas sozinho é a primeira.

— Então, o que te parece a capital?

— Achei que tem muita obra. Da rodoviária até aqui, passei por várias.

— Ah, é verdade. Em breve, teremos a inauguração de uma nova rodoviária, de uma estação de ferro e um viaduto aqui bem pertinho, na Duque de Caxias. E ao lado da Beneficência, vão começar um túnel e mais um viaduto. E tudo isso coroará com glórias o apoteótico dia 31 deste mês. Os milicos querem mostrar que a revolução é geral e irreversível.

Para cada obra, indicava um ponto no espaço, como se ali fosse se erguer a construção a que se referia. As palavras carregavam uma malícia, um tom de brincadeira e deboche que cativou logo a simpatia do novo colega.

— Tu és estudante também? Estudas o quê?

— Por enquanto, me matriculei na Economia, mas acho que vou trocar pra Ciências Sociais.

— Eu vou estudar História. O curso daqui é muito bom.

E mencionou uma carta de recomendação escrita pelo pai e direcionada ao professor Felizardo, uma autoridade no meio acadêmico. Édison observou o colega, aproximou-se da mesa, sentou numa cadeira e falou como se revelasse um segredo.

— Olha, todos os cursos eram ótimos até pouco tempo. Se não sabes ainda, os bons professores foram todos expulsos. Mas isso a gente não pode andar falando por aí. E por falar nisso, já conheces a velha Augusta?

— Sim, ela me recebeu. Parece uma senhora muito simpática.

— Só parece. É mais uma generala em potencial. Sempre alerta com ela, cuida pra não dar muito assunto.

Ao dizer isso, afastou-se e convidou o colega a descerem para o jantar. O estômago de Edimar já reclamava alimento mais substancial do que uma xícara de café, mas ele precisava de um banho. O companheiro sugeriu que se apressasse, que ele esperava. Ainda sobrava um pouco de tempo.

Encontraram o refeitório vazio, apenas uma empregada de avental recolhia pratos e talheres usados. Sentaram um em cada lado da mesa. Édison preferia aquele horário para jantar, pois os outros hóspedes já tinham passado para a outra sala para ver a novela, jantava-se mais à vontade. A empregada entrou com os dois pratos numa bandeja. Edimar encheu o garfo, mas o alimento ainda quente ardeu-lhe na boca e ele quase cuspiu tudo de volta. Édison serviu um copo com água da jarra e alcançou.

— Se tu comes assim na frente da velha Augusta, ela te chama no apito. Aqui, é tudo muito comedido.

Meio envergonhado pela trapalhada, Edimar engoliu a água, se refez, limpou os lábios com um guardanapo, e a conversa prosseguiu. Édison já ia no segundo ano do curso que pretendia abandonar. Falava do meio universitário com a convicção de quem conhecia o assunto. E inclinado sobre a mesa, num tom de voz mais baixo, lamentava que a universidade corresse o risco de ser destruída pelo decreto do ano anterior.

— Como eu já te falei, os melhores professores foram expulsos ou receberam aposentadoria compulsória. Uns nem tinham idade de se aposentar ainda.

Debruçado sobre a mesa, não percebeu a dona da pensão que entrava nesse momento para anunciar o fim do horário da janta.

— O que é isso? Dois homens cochichando? Parecem duas meninas. Olha que não aceito moças na minha hospedagem.

— Que nada, dona Augusta, só estava convidando meu parceiro aqui pra gente sair um pouco, dar uma volta. Afinal, hoje é sábado, podemos chegar mais tarde.

Ao fim do jantar, Édison já agia como se fosse o responsável pelo parceiro. Edimar logo se rendeu àquela afeição e se sentiu menos solitário.

Em poucos minutos, a dupla ganhava a rua. Caminharam até a Doutor Flores e dobraram à esquerda para desviar das obras do novo viaduto. Na esquina, Édison reteve o amigo e discursou em tom professoral, que caracterizava o intuito de ironia e deboche:

— Aqui, meu amigo, temos mais um monumento que evidencia o sucesso da revolução, mais um viaduto para estimular o progresso da capital. Era pra ser inaugurado no glorioso dia 31, junto com a rodoviária e a estação férrea, mas nada disso ficou pronto. Parece que alguma coisa não foi bem planejada.

Seguiram caminho e Édison continuou na brincadeira

de imitar um guia turístico. Na frente da Santa Casa, fingiu um ar de solenidade para falar do que chamou de um lugar sagrado, onde pessoas dotadas de espírito do mais puro amor cristão se dedicavam a atender os necessitados e aflitos de toda espécie. Chegaram à Avenida Osvaldo Aranha, onde Edimar ouviu que circulavam as únicas pessoas com quem se podia conversar em Porto Alegre. Entraram num bar e Édison cumprimentou o garçom com afetada familiaridade, ocupou uma mesa e pediu uma cerveja.

Edimar não conseguia fixar a atenção em nada, espicaçado pela ânsia de captar tudo, como se precisasse narrar a alguém no futuro. Nas paredes vermelhas do recinto, desenhos obscenos misturados com pôsteres de ídolos e frases de conteúdo irreverente pintavam uma paisagem colorida, que borrava o fundo branco da vida doméstica em que Edimar repousara até o dia anterior. Ele atribuía aquele momento a Édison, a quem já considerava um grande amigo, e por quem já nutria uma inegável admiração. Tão envolvido pelas próprias emoções, ainda não conhecia nada sobre o parceiro. E naquele clima de camaradagem, bastou uma deixa para o amigo se revelar. Nascera em Caxias, onde a família sobrevivia da plantação de uvas. Nas férias, ia para casa, ajudava no trabalho e guardava uns trocados para se manter. Mas não queria mais viver nessa dependência, pensava em tentar emprego num banco. Assim, poderia aproveitar as aulas de economia.

— Além disso, não vou aguentar muito tempo o regime de quartel lá da pensão. Ainda hoje, fui falar com um colega de aula que quer dividir apartamento. Se eu passar no concurso do banco, posso assumir compromisso com ele.

As horas escorriam mais rápido que a bebida da garrafa para o copo. Édison engendrava um discurso sobre os benefícios da boemia para a vida intelectual quando ouviram um alarido na porta do bar. Na calçada, correria. Alguns clientes se precipitaram para fora, e um rapaz de cabelos compridos penetrou porta adentro e pediu abrigo no banheiro. Uma confusão se estabeleceu, o garçom tentou impedir, outros acobertaram, e o estranho desapareceu no fundo da sala. Uma sirene irrompeu na balbúrdia e uma caminhonete estacionou em frente. Quatro homens armados saltaram do veículo e invadiram o bar com cassetetes, batiam nas mesas, empurravam clientes. Dois deles permaneceram de vigia e os outros seguiram no encalço do fugitivo. Não demorou muito, o cabeludo reapareceu carregado pelos braços, com uma mancha de sangue nos lábios. Enquanto uns conduziam o prisioneiro até a viatura, os parceiros deram ordem para os demais encostarem na parede e apresentarem documentos. Revistaram todos os presentes e, por fim, anunciaram:

— Vamos dar o fora todo mundo, a festa acabou, o bar vai fechar por hoje, todo mundo pra casa.

Chegaram à pensão no encerramento do horário liberado. Edimar caiu na cama meio tonto e acabou assim o primeiro dia de vida sozinho fora de casa.

Nas semanas seguintes, o mundo de Edimar limitou-se aos corredores da universidade. As salas de aula e a biblioteca preenchiam as necessidades existenciais do estudante. O deslumbramento por contemplar os próprios passos no que lhe parecia a vida adulta impedia-o de perceber um certo clima de nervosismo entre os universitários, uma reticência nas falas. A autoridade que atribuía à figura do professor desautorizava qualquer ousadia que pusesse em dúvida a importância da aula. À noite, na pensão, o amigo de quarto ouvia um discurso entusiasmado sobre as novas descobertas no mundo universitário. A única nota dissonante nessa sinfonia foi a notícia de que o professor Felizardo não pertencia mais ao departamento, pois recebera aposentadoria em agosto passado.

— Não falei? Mais uma expulsão enrustida na aposentadoria.

No entanto, o ânimo do estudante não titubeava. Carregava embaixo do braço *A prodigiosa história da humanidade*, de Ribard. Na primeira leitura do livro, foi arrebatado por aquele tom dramático de descrição dos fatos, onde povos e nações se transformavam em seres atuantes de um drama. Ao passar das páginas, a história da humanidade assemelhava-se a um romance épico, comparado aos de Tolstói. Não havia muita diferença entre o povo egípcio que se esparramava pelas margens do Nilo e um navegador grego que se lançava ao mar com uma única embarcação em busca de novos portos de comércio.

Essas preferências bibliográficas davam um sabor de libertação da influência paterna. A biblioteca do pai dispunha de um acervo grande sobre história do Brasil, mas o filho podia contar nos dedos as obras que lhe envolviam na leitura. Nunca conseguiu se empolgar pelas descrições monótonas e o linguajar rebuscado com que Euclides da Cunha se estendia sobre os sertões brasileiros. A miscigenação promíscua relatada por Gilberto Freyre também não despertava nenhum interesse. Ele só se submetia a essas leituras para agradar ao pai, pois as conversas sobre temas históricos eram quase os únicos momentos em que os dois se encontravam. O que lhe excitava a imaginação eram os dramas de pessoas comuns, anônimas, aquelas que não entravam na lista dos heróis ou autoridades que definiam os rumos da nação. Por isso, cumpridas as obrigações de filho obediente, refugiava-se nas páginas de uma edição portuguesa das cartas que o soldado William Wheeler escrevia para a esposa, com impressões muito pessoais sobre o cotidiano dos comandados do Duque de Wellington e a resistência às pretensões imperialistas de Napoleão. A fantasia o transportava para o local de Batalha de Waterloo, ele se incorporava ao destacamento, suportava o frio e a chuva sob a artilharia inimiga. E se encarregava de preencher as lacunas do relato, construir a imagem, os sentimentos e as convicções do soldado, bem como os padecimentos e as saudades da esposa.

Aquele março de 1970 transcorreu com a rapidez dos temporais. O último dia do mês chegou com as ruas da capital cheias de soldados em marcha por conta das solenidades cívicas comemorativas da revolução. Na pensão, dona Augusta determinou a troca da placa na frente do prédio, pois a tinta da anterior já se desbotava com o tempo. Quando os jovens saíram para a rua de manhã, cruzaram com o pintor que se empoleirava numa escada com uma lata e um pincel. As autoridades porto-alegrenses se desdobravam numa maratona de inaugurações de obras que transformavam a capital em uma metrópole moderna. Édison e Edimar, no ócio do feriado, acompanhavam os festejos, mais por pirraça do que sentimento cívico. Na Praça da Conceição, o prefeito cravava a primeira estaca da obra do túnel e prometia:

— Dentro de um ano, o tráfego de veículos em torno da nova rodoviária, que, infelizmente, não foi concluída no prazo previsto por culpa das condições do tempo, será muito mais ágil, para atender as necessidades que o atual estágio de desenvolvimento do Brasil exige.

— Eu sabia que iam culpar as condições do tempo.

Mal acabou de falar, Édison levou a mão à cabeça, olhou para trás. O público ao redor petrificou-se ao som das palavras das autoridades. Ele puxou o amigo pelo braço. Afastados da multidão, ele xingou.

— Cambada de alienados.

— O que foi, Édison?

— Tu não viste? Um imbecil me deu um tapa na cabeça quando eu falei.

Aquela quantidade de gente em pose solene dava ao cerimonial um ar fúnebre, apesar dos discursos empolgados de ufanismos e das execuções da banda marcial. Os amigos logo perderam o interesse pela festa e desceram pela Rua da Praia em direção ao Centro. Perto da Borges de Medeiros, avistaram uma dupla de soldados que caminhava pela calçada. Édison colocou as mãos em concha sobre a boca e gritou bem alto:

— Milico, cabeça de penico.

Os soldados ouviram e se voltaram para os rapazes. Os estudantes retrocederam pela rua em disparada e dobraram na primeira esquina. Edimar observava o amigo, que se contorcia de rir, mas ele não achava graça, ao contrário, demonstrava preocupação.

— Édison, o que deu em ti hoje? Já provocaste um monte de gente.

— Eu não gosto de milico. E essa foi ótima, milico, cabeça de penico. Devia ser pichada em algum muro por aí.

Seguiram caminho, apesar dos protestos de Edimar, e chegaram à Catedral Metropolitana, que, naquela hora, recebia grande número de pessoas.

— Vinde, meu amigo. Vamos acompanhar este rebanho e orar em agradecimento a este glorioso dia.

As irreverências do amigo já não surpreendiam, mas, diante de uma heresia, Edimar recuou em protesto.

— Édison, com a Igreja a gente não brinca desse jeito.

Sem dar ouvidos ao alerta, ele seguiu a fila dos fiéis e entrou. No primeiro genuflexório, acomodou-se de joelhos e, com os braços apoiados sobre o encosto, fez o sinal da cruz várias vezes. Os olhos espremidos de falso sofrimento, os lábios numa articulação exagerada fingiam uma oração silenciosa. Edimar, de pé na entrada do templo, observava o amigo e vigiava a reação dos demais presentes. Sentou ao lado do companheiro e, em voz baixa, como uma reza, convidou:

— Édison, vamos embora.

Puxou o amigo pelo braço, sem resistência. Porém, para aumentar ainda mais o embaraço, Édison se fazia de cego. Colocou a mão em cima do ombro de Edimar e foi guiado até a porta. Edimar representou bem o papel de condutor até a calçada, quando o falso deficiente deu uma gargalhada e saiu a passos largos. Seguiram pela Duque de Caxias e, de longe, avistaram o mesmo cortejo de autoridades e curiosos. Dessa vez, inauguravam outro viaduto, que seria mais uma amostra da modernização da cidade. O prefeito repetia o mesmo discurso cheio de otimismo para um público mudo, que se manifestava apenas através de palmas ao final de cada declaração. Édison puxou o amigo pelo braço e apontou para um ponto ao lado das autoridades.

— Olha lá, Edimar, naquele muro do viaduto, que lugar perfeito pra eu escrever a minha frase.

— Deixa de loucura. Já esqueceste aquele cara do bar da Osvaldo? Pegaram o coitado pichando um muro. Dizem que ele nunca mais apareceu na aula.

— É, tens razão. Vamos pra casa almoçar, meu amigo. Enchi os ouvidos com essa conversa fiada.

Esperaram a saída dos outros hóspedes para almoçar. Edimar terminou o almoço, subiu para o quarto e avisou ao outro que ia dormir um pouco e pretendia estudar mais tarde. Cansado da vadiagem da manhã e de bancar o protetor do amigo, Edimar se atirou na cama e adormeceu.

Mal pegou no sono e foi despertado pelos gritos da dona Augusta no corredor. Abriu uma fresta da porta e ouviu uma coleção de impropérios e xingamentos de irresponsável, incompetente, malandro. Do alto da escada, viu a figura do pintor, de cabeça baixa, sob o peso da submissão, se desculpar, não sabia o que tinha acontecido, ele largou ali embaixo da escada durante o almoço. Edimar deu dois passos de volta na escadaria, mas não conseguiu escapar do olhar furioso de dona Augusta, que o intimou a descer até o andar de baixo. Ele obedeceu e se pôs de prontidão, como um soldado diante do seu comandante.

— Por acaso não viste uma lata de tinta e um pincel que esse incompetente não sabe onde largou?

Edimar afirmou que não sabia de nada, mas a consciência lhe dizia o contrário. Assim que a velha desapareceu no refeitório, ele safou-se porta afora, dobrou a esquerda e correu até o viaduto. Com as solenidades cívicas encerradas, o movimento das ruas era quase morto. Avistou de longe o viaduto e teve a confirmação da suspeita. Édison agachado na beira do muro pintava na amurada a frase que de manhã ele mesmo achara tão genial. Quando Edimar se aproximou, ele concluía a palavra penico. Edimar avançou na mão do amigo, tirou o pincel e gritou num acesso de pânico.

— Ficaste louco, Édison? A dona Augusta anda lá furiosa. Botou as culpas no pobre do pintor.

Mas o amigo estava decidido a terminar a obra. Empurrou o intruso, recuperou o pincel e recomeçou o trabalho. Edimar não teve oportunidade de fazer uma nova tentativa de conter a molecagem. Um barulho de sirene antecipou uma viatura que se aproximava. Ele disparou para a pensão, mas, antes de dobrar a esquina, ainda se virou para trás e viu o amigo sendo recolhido na caminhonete. Chegou em casa sem fôlego, chamou a dona Augusta e contou a ela, inclusive, as provocações da manhã. Dona Augusta ouviu tudo sem dizer uma palavra e, quando Edimar terminou o relato, ela apenas comentou:

— Deixa esse irresponsável passar uma noite na delegacia que amanhã ele volta bem quietinho.

No resto da tarde, Edimar não conseguiu estudar conforme o programado. Corria até a escada, espiava na sala, e nenhuma notícia. Já anoitecia quando ouviu pisadas fortes no assoalho e o amigo entrou com ar desafiador. Edimar saltou, quis saber o que tinha acontecido.

— Nada, eles só anotaram o meu nome, me aconselharam a não fazer mais aquilo e me mandaram embora.

Os dois amigos se abraçaram numa alegria recíproca, mas o clima de comemoração durou pouco, pois dona Augusta prorrompeu, o dedo em riste na cara do hóspede:

— Tu só vais dormir aqui hoje, porque eu não sou de botar gente na rua de noite, mas amanhã cedo some daqui, e nunca mais me aparece.

Bateu a porta atrás de si e a pensão adormeceu em silêncio pelo resto da noite.

Nos primeiros dias de abril, Edimar aproveitou a condição de único ocupante do quarto e se refugiou nos livros. À noite, jantava cedo, ia para a cama e ingressava no exército russo na resistência contra Napoleão, nas páginas de *Guerra e paz*, de Tolstói. Durante o dia, ocupava todo o tempo com os estudos. No caminho para o campus, passava pelo viaduto recém-inaugurado e liberado apenas para pedestres, e constatou que uma nova pintura fora colocada por cima da pichação. Na tarde de sexta-feira, ele fazia anotações de um capítulo sobre a Revolução Francesa, na biblioteca central, onde gastava boa parte do tempo livre, quando sentiu uma presença ao lado.

— E aí, historiador, sempre com a cara nesses livros?

— Oi, Édison, tudo bem contigo?

A um sinal do amigo, preteriu a pesquisa e saíram,

atravessaram a Osvaldo Aranha e entraram num bar. Édison pediu um café e disse que queria falar um assunto importante. E nem esperou que Edimar demonstrasse interesse, já começou a relatar a situação.

— Sabe aquele amigo meu que me convidou pra morar com ele? Pois é, ele se formou o ano passado e vai embora, mas pode me repassar o aluguel. Então, eu vim te convidar pra dividir comigo, a gente tem mais liberdade, não precisa aguentar a generala.

A primeira reação de Edimar foi de susto. Aceitar aquele convite significava tomar uma decisão sozinho. Precisava ao menos consultar o pai, pois ainda não dispunha de recursos para se manter por conta própria. Mas Édison, como aluno de economia, apresentava argumentos financeiros.

— Se ele paga a pensão, pode pagar o aluguel, vai ficar até mais barato. Num apartamento, a gente gasta menos na comida.

Édison terminou o lanche sem mais comentários, esperou uma resposta, mas, por fim, confessou que contava com Edimar para garantir o aluguel. Edimar sucumbia com facilidade, e o amigo já conhecia essa característica. Então, Édison começou a descrever as vantagens que teriam com a liberdade. A mais importante, segundo ele: não teriam horários definidos para fazer qualquer coisa. Poderiam estudar quando bem entendessem e comer o que quisessem. Não eram mais crianças para ficarem pedindo permissão para fazer alguma coisa. E para concluir, convidou o companheiro para ir no dia seguinte conhecer o apartamento na Cidade Baixa. Despediram-se no fim da tarde e Edimar apartou-se do amigo com a promessa de visita. Voltou para a pensão, jantou, mas não tinha disposição para ler. Sentou-se na sala de visitas e gastou o resto da noite na frente da televisão.

No sábado pela manhã, ficou no quarto, organizou o material de estudo. Logo após o almoço, desceu a José do Patrocínio em direção ao endereço indicado. Poucas quadras adiante, encontrou a rua e o prédio, uma construção antiga, de quatro andares. O apartamento não surpreendeu em nada. Uma cozinha, uma sala grande e um dormitório. Um deles dormiria no sofá da sala. Edimar não precisou de muito para se empolgar com a possibilidade de uma nova vida. A solidão no quarto da pensão, somada aos exageros de autoridade de dona Augusta, transformaram numa prisão o que antes era um refúgio. E ele começou a sonhar com a liberdade. Para incentivar mais ainda os devaneios do amigo, Édison abriu a geladeira e mostrou várias garrafas de cerveja e de refrigerante.

— Olha só, quando é que a gente podia ter isso lá na pensão? E mais ainda, vamos trazer aquela mulherada do campus pra cá, hein?

Edimar sorria como se aquilo tudo não passasse de mais uma molecagem do amigo. E para já entrarem no clima de nova liberdade, combinaram de passar o domingo juntos e fazer um almoço. E foi num acesso de vaidade por se sentir adulto que Edimar decidiu comunicar ao pai a mudança de endereço.

Segunda-feira, na saída para a aula, uma neblina fria se espalhava pelas ruas num prenúncio do inverno. No trajeto de sempre, Edimar percebeu um movimento anormal, o trânsito agitado. Grande número de soldados ocupava as vias públicas. Automóveis interceptados, motoristas e passageiros postos para fora e revistados. Pedestres curiosos se aglomeravam nas calçadas. Um integrante do batalhão exibia um cassetete e investia contra o público.

— Não tem nada pra ver aqui. Todo mundo andando, é hora de ir pro trabalho. Fora daqui, todo mundo.

Edimar obedeceu e apressou o passo. Na entrada do campus, paralisou na frente de uma banca de revistas. Um jornal estampava em letras grandes a notícia de uma tentativa de sequestro do cônsul americano. Trazia ainda as fotos dos suspeitos e a promessa de que eles sofreriam uma caçada implacável. Nos corredores da universidade, o episódio era comentado em cochichos esparsos e, na classe, imperava um silêncio artificial, mantido apenas pela certeza de que, na sala de aula, não se podia falar de qualquer assunto. O clima de medo invadia todos os cantos, todo mundo era suspeito. Edimar já conhecia muitas histórias de delação e intrigas e se ofendia com as evasivas dos colegas a qualquer tentativa de conversa. Um simples bate-papo poderia determinar a vida de alguém. Com o ânimo enfraquecido, voltou para casa na hora do almoço, disposto a não sair mais naquele dia. Mas dona Augusta o chamou de longe:

— Tem visita pra ti.

— Visita pra mim?

Antes que ela repetisse, ele ouviu passos na sala mencionada. Olhou para a porta e lá estava a figura impávida do professor Ariosto.

— Oi, pai, o que foi que houve? Eu não sabia que o senhor viria.

O pai recebeu o filho com um aperto de mão, sem incentivar a expansão de alegria que sua presença despertava.

— Não foi nada. Eu vim para um seminário de professores do estado. Não deu tempo de avisar. E já marquei uma consulta ao médico. E aproveitei para ver como estás.

— O senhor está doente?

— Não. Exames de rotina. Mas prefiro os médicos de Porto Alegre.

Dona Augusta entrou, anunciou que gostaria de ter a companhia do professor para o almoço e convidou para passar ao refeitório. Edimar subiu ao quarto para largar os livros e voltou numa corrida. O professor já se encontrava sentado à cabeceira da mesa, quando ele arriou numa cadeira ao lado. Edimar não tinha o hábito de questionar o pai nem duvidar de qualquer coisa que ele dissesse; por isso, aceitou sem hesitação os pretextos para a viagem inesperada. Na verdade, desde que viu o pai, só pensava numa oportunidade para comunicar o desejo de sair da pensão. Mas não faria isso diante de dona Augusta. Então, prontificou-se a acompanhar o pai ao médico, pois já conhecia bastante a cidade.

— Não há necessidade. Eu também conheço bem a cidade. Tu deves ter muito o que estudar.

Edimar não insistiu. O pai formulou uma série de perguntas sobre o curso, a universidade, os professores. Edimar se declarou satisfeito com tudo, mas lamentou que o professor Felizardo, a quem o pai havia dirigido a carta de recomendação, tivesse se aposentado. Mencionou ainda o clima de medo que se espalhou em todos os cantos em consequência do sequestro do americano. O pai ouviu o filho como se avaliasse uma prova oral. Não se alarmava com nada, nem compartilhava do entusiasmo que ele demonstrava. Por fim, reafirmou que o Brasil vivia tempos difíceis e recomendou que o filho se limitasse a estudar e não falasse demais, sobretudo com desconhecidos.

— Aliás, hoje em dia, nem os conhecidos merecem mais confiança. Esse é o estado a que chegamos.

Terminada a refeição, o professor comunicou que precisava partir, queria pernoitar em casa e não devia deixar a esposa sozinha. Dona Augusta se aproximou e argumentou que o professor não poderia se retirar sem conhecer os aposentos do filho para ver como ele estava bem acomodado. E sugeriu que Edimar conduzisse o pai até o quarto. Sem demonstrar nem interesse nem contrariedade, o professor seguiu filho até o dormitório. Parado no meio do quarto, uma inspeção ao redor, decretou sem nenhuma alteração de voz:

— Muito bom. Estás bem acomodado aqui.

Edimar espiou no corredor, encostou a porta e pediu atenção, precisava fazer um pedido. Descreveu o estado de insatisfação, enumerou as vantagens de morar num apartamento, elogiou Édison, mas omitiu as molecagens e a expulsão. E concluiu que gostaria muito de ir morar com o antigo parceiro.

— Se for preciso, eu arrumo um emprego de meio turno e ajudo no aluguel, mas acho que a despesa vai ser até menor.

Sem alterar uma única ruga na face, o pai ouviu o discurso e o pedido. Ao final, orientou:

— Tu já deves tomar tuas decisões sozinho. Faz o que

achares melhor para ti. Só exijo que não largues os estudos.

Retirou-se. Edimar acompanhou o pai. Na calçada ele, ainda insistiu:

— Não quer mesmo que eu acompanhe o senhor até o médico?

— Não há necessidade. De lá, eu vou embora.

E com a mesma indiferença do encontro, ele abraçou o filho na despedida. Disse adeus, virou as costas e partiu.

A mudança para o apartamento foi menos dramática do que a expectativa. Ao ser comunicada, dona Augusta apenas comentou que precisava avisar um estudante que esperava vaga. No fim de semana, Edimar se despediu, muito agradecido. Um sentimento novo de independência brotou da rotina mais livre na nova moradia. Edimar dedicava um respeito quase sagrado ao sacrifício do pai em lhe manter o sustento e não se permitia desperdiçar o tempo com nada diferente dos estudos. Édison, por sua vez, com a experiência da detenção, tornou-se menos irreverente na rua, mais responsável com as aulas e se empenhou na ideia de um emprego fixo. Mas dentro de casa, continuava o mesmo moleque. Implicava com o confinamento do amigo, dava palpite em tudo, espionava os livros preferidos do outro, sobre os quais emitia uma opinião, sempre com a mesma irreverência; às vezes, beirava a grosseria. Certo dia, Edimar chegou em casa e encontrou o parceiro concentrado numa leitura. Logo percebeu se tratar do seu exemplar de Ribard.

— Ô, Edimar, tu andas lendo essa porcaria aqui?

— Sim. Eu gosto desse livro.

Édison levantou, pôs-se no meio da sala numa postura de falsa solenidade e começou a ler:

— *Robustos navios de carga desembarcam agora na Ásia Menor suas 250 toneladas de mercadorias em cais divididos em atracadouros, protegidos das vagas do mar alto por diques e quebra-mares, circundados por cidades comerciantes, com suas lojas e seus entrepostos.*

Encerrou a leitura, jogou o livro em cima do sofá.

— Esse cara não sabe a diferença entre história e literatura, e faz as duas de péssima qualidade, sem levar em conta a estrutura interna dos fatos, sem assumir uma postura crítica.

— Ao historiador cabe apenas o relato dos acontecimentos. Julgar é coisa pra juiz.

— Não se trata de julgar, meu amigo, mas de entender. E não apenas ouvir de maneira passiva, como uma criança na hora de dormir.

A indelicadeza de Édison se restringia a manifestações verbais. Ele gostava de parecer inteligente, ostentar senso crítico. Mas, nas atitudes, reforçava cada vez mais os laços de fraternidade. Assumiu o comando da casa e, por vezes, dava conselhos mesclados de desvelos paternais, como o dia em que contou sobre o programa de bolsa para estudantes na própria universidade, onde se trabalhava só meio turno, com os colegas e professores do mesmo curso. Quanto a ele, precisava de um emprego melhor e, no segundo semestre, iria tratar disso. Nas férias de julho, como de costume, Édison viajou para a casa da família, onde ajudava nos vinhedos. Edimar preferiu aproveitar a solidão do apartamento e adiantar as leituras para o semestre seguinte.

Edimar adiou a visita aos pais para novembro, época das eleições. Estranho voltar como visita a um lugar tão familiar. A cidade continuava a mesma, mas Edimar não se via mais como um habitante. No fim da tarde, alcançou a rua onde havia morado, avistou uma movimentação na frente da casa e reconheceu alguns vizinhos. Pressentiu algo diferente, apressou o passo, entrou às pressas sem cumprimentar ninguém. Encontrou a mãe atirada em cima da cama, o corpo a tremer sob a força do choro. Agachou-se à beira da cama e chamou pela mãe. Ela levantou a cabeça, reconheceu o filho, buscou amparo nos braços dele e mal conseguiu proferir algumas palavras em meio aos soluços:

— O teu pai foi preso.

— Mas por quê? O que foi que ele fez?

— Não sei. Chegaram uns homens aqui e disseram que ele precisava ir até a delegacia dar depoimento.

— Eu vou lá na delegacia.

— Não adianta. Eu passei a tarde lá parada, eles me disseram pra esperar e me mandaram embora sem notícias. Não sei o que fazer.

Nos corredores da universidade, circulavam relatos de prisões injustificadas e da impotência dos advogados diante da revogação da lei do habeas corpus. O leitor de aventuras vividas pelos homens antigos ouvia os primeiros chamados da história real do presente. O filho levantou disposto a tomar uma providência, mas foi segurado pela mãe, sob o argumento de que, naquela hora da noite, seria inútil. Além do mais, lá na delegacia, ela ouvira vários casos parecidos, prenderam muita gente. Estava muito perigoso sair para a rua à noite.

— Mas amanhã é feriado, dia de votar, vai ser pior ainda.

— Paciência, meu filho. Se tu saíres agora pra rua, eu vou ficar mais preocupada.

Edimar cedeu ao argumento emocional e passou a noite em casa. Na verdade, não tinha a mínima noção do que fazer. A única ideia que lhe ocorreu foi ouvir o noticiário no rádio. Sintonizou várias emissoras à procura de notícias. Tudo em vão. Só programas de música, humor e variedades. Levou o aparelho para o quarto e amargou uma vigília de esperança e ansiedade, marcada pela obsessão com que alterava a sintonia do rádio a todo instante. A madrugada chegou sem trazer uma única notícia sobre as prisões, e ele adormeceu ao som de músicas românticas.

O dia 15 de novembro chegou. Mal engoliu o café da manhã, Edimar anunciou o intento de ir até a delegacia. A mãe preferiu ir à igreja pedir conselho para o padre. Na rua, uma aparência de calmaria, as pessoas circulavam num clima de normalidade. O ônibus percorreu o trajeto para o Centro sem nenhum contratempo. Edimar desceu na Avenida Rio Branco, superou em poucos minutos o percurso até a delegacia. Na entrada, dirigiu-se a um homem atrás do balcão. O atendente fez um sinal que esperasse. Edimar continuou no mesmo lugar, diante da cara de mau humor com que o funcionário dava explicações para um e outro. Quando chegou sua vez, ele disse o que procurava. O funcionário perguntou o nome do detento e, ao ser informado, procurou num caderno em cima do balcão. E, para surpresa de Edimar, comunicou que não havia nenhum professor Ariosto na lista de ocorrências. Edimar insistiu que o pai fora detido em casa no dia anterior, mas a irritação do homem começava a se manifestar na agressividade da voz.

— Já disse que não tem ninguém com esse nome. Se quiseres, podes esperar aí que eu vou ver lá dentro, mas acho que não é aqui.

Edimar se afastou para o lado da parede e deu espaço para outras pessoas que recebiam a mesma resposta e saíam de cabeça baixa. A manhã se alastrou naquele entra e sai de gente à procura de familiares e amigos. Perto do meio-dia, o atendente desapareceu por uma porta nos fundos da sala. Alguns minutos depois, quando o homem voltou, Edimar tentou mais uma vez, mas o outro nem esperou que terminasse:

— Olha, não tem ninguém aqui com esse nome. Deve ter ido pra outra delegacia.

Edimar percorreu outros locais e ouviu a mesma resposta, com o mesmo tipo de atendimento. Em conversas com desconhecidos nessa peregrinação, já dava por inútil qualquer tentativa. Voltou para casa quase no fim do dia, e só ao entrar em casa se deu conta de que tinha esquecido de votar. Foi recebido na porta pela mãe. Antes de perguntar o resultado da busca, ela contou da entrevista com o padre. Havia uma reação da Pastoral da Igreja, uns advogados trabalhavam como voluntários na assistência de presos. Ela foi falar com um deles que atendia ali perto da igreja e estava de plantão no feriado, ele prometeu fazer tudo o que pudesse. E concluiu o relato numa alegria antecipada pelo sucesso do seu defensor.

Com fome e abatido pela sensação de impotência, Edimar não via outra saída a não ser compartilhar do otimismo da mãe. Naquela noite, repetiu a mesma expectativa da anterior, com o ouvido atento ao rádio na cabeceira da cama. Mas as emissoras entrevistavam políticos que previam a vitória e agradeciam ao povo que tinha atendido ao chamado das urnas. E nenhuma palavra sobre qualquer ocorrência de prisão.

O sono interrompeu a ansiedade até o amanhecer. Edimar acordou ao ouvir a voz da mãe na sala. Pulou da cama e correu. Ao abrir a porta, deu com a presença do pai sentado na poltrona. A mãe se desdobrava na assistência ao marido.

— Pai, o senhor está bem? O que foi que houve?

— Estou bem, sim. Não houve nada demais.

Edimar puxou uma cadeira e sentou na frente do pai. No rosto, não havia sinais de maus-tratos, e ele não tinha coragem de perguntar sobre atos de violência. Então, relatou as tentativas feitas no dia anterior e as histórias que ouviu de algumas pessoas com quem conversou na rua. O pai arrematou, em tom professoral:

— Muita gente inocente foi presa. Até donas de casa. Isso foi só para intimidar nas eleições.

— E qual foi o argumento deles?

— O poder não precisa de argumentos. Eles apenas me fizeram um interrogatório absurdo, me conduziram de uma sala a outra, e mais outra, com mais perguntas absurdas. Assim, eu passei dois dias e duas noites.

A mãe voltava da cozinha e interrompeu o diálogo:

— Então, agora é hora de tomar um café, descansar e esquecer tudo isso.

A família se reuniu em volta da mesa. Com muita prudência, Edimar observava o pai. Ainda tentou retomar o mesmo tópico, mas o velho mudou o rumo e perguntou sobre o curso e o apartamento com o amigo. Ele descreveu o cotidiano na nova morada, a dedicação aos estudos, a rotina das aulas. E comentou a intenção de se inscrever para uma bolsa na própria universidade, onde trabalharia só meio turno e sobraria tempo para estudar. Por fim, lamentou que correu pela cidade o dia todo e se esqueceu de votar.

— Deves transferir teu título eleitoral para Porto Alegre. Tua vida agora será sempre lá.

— O senhor está bem, não precisa que eu fique mais um dia aqui?

— Não é necessário. Tu tens a faculdade, não precisas perder aula.

— Meu filho, teu pai tem razão. Agora, está tudo bem, graças àquele advogado que o padre me indicou.

— Pois assim que eu me recuperar, quero ir lá agradecer. Nem fiquei sabendo o nome dele.

— Aristides. Eu falei com ele ontem.

O pai levantou, apertou a mão do filho e saiu rumo ao quarto.

Não havia mais motivo para prolongar a viagem. Ele também se sentia cansado, mas podia dormir no ônibus. Pela primeira vez, vivenciou o sentimento de que tinha uma vida diferente da dos pais e precisava lutar por ela.

Juntou a mochila, abraçou a mãe e saiu para rua. Preferiu fazer a pé o trajeto até a rodoviária, uma despedida daquelas calçadas por onde andara tantas vezes na infância. As casas que ladeavam o caminho continuavam as mesmas, a cidade toda continuaria a mesma, mas ele não pertencia mais a ela.

Capitulo 9

Já se passavam vinte anos desde a última viagem à terra natal. Edimar voltava agora como um estranho. Apesar da cidade se localizar a poucas horas de Porto Alegre, a morte do pai foi a última raiz arrancada daquele solo. Por volta do meio-dia, desembarcou na rodoviária. Entrou num táxi e indicou a Avenida Euclides da Cunha, na saída para a Estrada do Perau. Pela janela do veículo, ele tentava se localizar. Viadutos, asfalto, ruas novas, muitas coisas diferentes. Nada que fizesse brotar uma lembrança afetiva. Na verdade, ao fim do trajeto, o trânsito caótico e as filas de prédios de apartamentos davam à cidade um aspecto de Porto Alegre pequena, como se ele tivesse apenas se deslocado para outro bairro. Uma placa na esquina indicava o nome da rua procurada.

— É ali adiante, passando o pontilhão, logo à direita.

O automóvel rodou mais uns metros em marcha lenta, o motorista atento ao nome das ruas transversais. Na segunda esquina, Edimar anunciou:

— Pode me deixar aqui, eu vou a pé agora.

Desceu e entrou por uma trilha de chão que subia o morro, percorreu um trecho em curva à procura da numeração, até que chegou a um plano. À beira da rua, uma casa de madeira pintada de verde se confundia com a ramagem das árvores em volta. Uma mulher magra observava o visitante. Ele caminhou na direção da mulher, que se adiantou:

— Edimar?

— Sim.

— É aqui mesmo, pode entrar.

Ele abriu o portão e transpôs um estrado de tábuas que conduzia até a porta. Ao adiantar o passo, percebeu que a casa pendia num despenhadeiro e se apoiava apenas numa estrutura de madeira. Embaixo da pontezinha que levava da rua até a porta, um declive coberto por vegetação. A mulher o recebeu na entrada, mão estendida, e o conduziu para a sala. Ofereceu uma água, Edimar suava muito, aceitou a oferta. Ela entrou na cozinha, ele ficou de pé na sala e procurou um assento, mas percebeu que não havia cadeiras. O assoalho era coberto por tapetes e almofadas de tamanhos e cores variadas. Nas paredes, quadros com figuras indianas faziam a decoração do ambiente. Uma repentina sensação de náusea remoeu o estômago, efeito de um cheiro forte de incenso. Ela voltou, ele tomou a água, respirou fundo, começou a relaxar. Aliviado do calor e da ansiedade, ele se justificou:

— Olha, eu não quero te atrapalhar. Se tu precisas sair, eu não vou demorar.

— Fica tranquilo, não estás atrapalhando. Eu trabalho em casa.

Ele mirou a mulher com jeito de interrogação, mas

não quis parecer indiscreto. Ela se adiantou:

— Eu tenho esse cantinho aqui que é meu, faço mapa astral, numerologia e artesanato pra sobreviver. Eu me contento apenas com o essencial.

Com mais calma, ele conseguiu observar melhor. Ela usava um vestido comprido de chita. De pé no meio da sala, frente a frente, um esperava pelo outro para retomar o assunto.

— Se tu preferes sentar em cadeira, vamos pra cozinha, aqui é só almofada.

E sem esperar resposta, conduziu o visitante pelo braço para o outro cômodo. A cozinha harmonizava com a sala em termos de simplicidade. Um fogão, uma geladeira velha, uma mesa de madeira rústica e algumas cadeiras de palha. Edimar sentou de frente para a porta dos fundos, de onde enxergava a copa das árvores no pátio.

— Meu irmão me falou que tu procuras alguma coisa que mamãe deixou aqui.

— Teu irmão?

— Sim, o Marcos. Não foi ele quem te mandou aqui?

— Tu também és filha da dona Marisa?

— Sim. Ele não te falou?

— Não. Na verdade, ele só me deu o teu telefone pra eu te procurar.

— É que ele não aceita que eu seja da família. Ele é um pobre coitado metido a rico, e eu sou apenas uma pobre coitada assumida. Ele se incomoda muito com isso.

As palavras saltavam da boca de Marta, como se ardessem na língua, e sugeriam a natureza dos sentimentos entre os irmãos.

— Ele me pareceu um filho muito atencioso.

— Remorso por ter abandonado a mãe naquele asilo. Ele acha que pagar a despesa dela e fazer uma visita por semana já é suficiente.

— E por que ela não vive aqui contigo?

— Ela não quer ficar mais em Santa Maria, diz que aqui não tem sossego.

Edimar entrevia naquele desabafo uma rivalidade dissimulada. Vislumbrava ali um drama, cujo foco devia ser a mãe deles, pessoa que ele precisava conhecer, e quis aproveitar um pouco mais a espontaneidade meio indiscreta de Marta.

— Que tipo de problemas ela tinha aqui?

— Sofria assédio de um ex-amante. Minha mãe teve vários amantes quando jovem. Alguns não se conformaram em ser abandonados. Esse é um deles.

A descoberta de que o pai representava apenas mais um na vida de uma mulher foi um golpe para o qual Edimar não estava prevenido. Mais uma mancha para macular a imagem idealizada.

— Meu pai também foi amante dela.

— Pois é, o tal professor. Mas esse foi diferente, pelo que eu sei.

— Diferente como?

— Ela era apaixonada por ele, o relacionamento deles foi muito tenso. Pelo menos, foi o que ela me contou uma vez.

Edimar não queria parecer indiscreto, apesar da propensão de Marta para falar da própria vida, mas havia um ponto importante, no qual ela não tocava, e ele precisava abordar. Por fim, cedeu à tentação:

— E o teu pai, é daqui também?

— Não sei quem são nossos pais biológicos.

— Pais biológicos?

— Sim, eu e o Marcos fomos adotados.

O alívio de não ter um irmão bastardo compensou o desconforto da promiscuidade paterna. Os documentos podiam esperar mais um pouco.

— Eu não lembro da tua mãe no enterro de meu pai. Acho que minha mãe nunca soube, nem desconfiou de nada.

— Isso foi em oitenta e poucos, né? Nessa época, a gente não morava aqui. Só sei o que ela me contou. Minha mãe trabalhava como assistente social, tinha muitos amigos, gostava de festa e conhecia todo mundo. Em setenta e poucos, muitos dos amigos dela foram presos. Ela ficou com medo, se desentendeu com o professor e foi embora. Arrumou emprego numa instituição de caridade que abrigava crianças abandonadas pelos pais, no interior do Paraná. Foi lá que ela adotou eu e o Marcos. Quando eu tinha quinze anos, ela quis voltar a Santa Maria. Eu gostei daqui por causa dessa natureza nativa. O Marcos foi sempre muito ambicioso, ela conseguiu estudo pra ele em Porto Alegre, com ajuda de um dos antigos amigos dela. Moramos juntas por alguns anos noutra casa, mas, por causa do tal apaixonado, ela foi embora pra Porto Alegre, e o Marcos enfiou a coitada naquele asilo.

A tarde avançava, e Edimar se distraiu com a história de dona Marisa. Uma contração no estômago lembrou que não tinha comido desde a madrugada. Não podia mais adiar o motivo que determinou aquela viagem. Aproveitou uma pausa no fluxo narrativo de Marta e perguntou pelos documentos. Com a mesma naturalidade com que contava as peripécias da família, ela levantou e saiu pela porta dos fundos da cozinha.

— Deve ser umas caixas que estão depositadas há anos lá embaixo.

Edimar seguiu atrás. Da porta da cozinha, pelo lado de fora, descia uma escada de madeira. No fim do primeiro lanço, à esquerda, uma trilha no meio da grama levava a um jardim e, à direita, outro trecho da escada conduzia a um galpão. Abriu uma porta e entrou numa peça que funcionava como depósito. Espalhadas pelo chão, ferramentas pequenas, um formão, um martelo, pedaços de tábua e lixas.

— Aqui, eu faço alguns trabalhos de artesanato em madeira.

Ela caminhou até o fundo, abriu uma janela. No canto, um pedaço de lona cobria alguma coisa. Ela puxou a coberta e destapou duas caixas. Uma pequena, em formato de pasta, com uma alça para condução manual, e outra maior, quadrada, com mais ou menos um metro de altura.

— O que existe é isso aí. Fica à vontade. Qualquer coisa, é só chamar. Eu te espero lá em cima.

Afastou-se em direção à saída, mas, ao contrário do prometido, teve a atenção desviada por algum objeto entre os trabalhos artesanais e se demorou por ali. Edimar vasculhou ao redor, encontrou um banco velho de madeira, posicionou o móvel ao lado das caixas e sentou-se.

Começou pela menor, uma espécie de maleta. De início, não viu nada que pudesse interessar. Uma inspeção aleatória revelou apenas objetos de uso pessoal, bijuterias, postais de várias partes do mundo e algumas fotografias. Nos registros das imagens, uma coisa logo chamou a atenção: dona Marisa sempre cercada de gente, em locais públicos, bares, restaurantes. Numa das fotos, ela desfalecia em pose teatral nos braços de um homem sério, que representava um papel coadjuvante para o brilho da atriz principal. Edimar não se lembrava mais de nenhuma pessoa dos tempos de infância, mas o rosto do homem sério evocava alguém conhecido. No fim da revista das fotografias, outra constatação digna de nota: o pai não aparecia em nenhuma delas.

Edimar abandonou a maleta e se aproximou da caixa maior. A fechadura trancada. Chamou Marta, que ainda permanecia no galpão. Ela não sabia de chaves, nunca tinha mexido naquelas coisas.

— Será que eu posso arrombar?

— Olha, eu acho que isso aí é teu mesmo, faz como quiseres.

Ela alcançou uma chave de fenda. Edimar tentou tirar os parafusos, mas a ferrugem cobria as fendas, e a ferramenta deslizou sem nenhum resultado. Então, ele introduziu a chave entre o metal e a madeira e pressionou com a mão. Sem alcançar o efeito esperado, procurou em volta algo que servisse de martelo. Encontrou um pedaço de tábua. Voltou à posição anterior e retornou à operação. Após algumas pancadas, os parafusos cederam e a placa de metal afrouxou. Reintroduziu a chave e, de um golpe forte, fez a fechadura saltar fora. Levantou a tampa.

Começou a retirar tudo. Uma pilha de encadernações.

Leu as primeiras páginas e logo reconheceu a letra do professor Ariosto. Não havia nada que parecesse importante. Cada caderno levava um título, às vezes genérico, sobre algum período da história, outras vezes, sobre um evento mais específico. Mas não passavam de apontamentos, resenhas de livros, coisas de homem metódico que registrava tudo o que lia e encadernava as anotações; coisas pessoais sem nenhuma importância para ninguém.

Embaixo dos volumes, uma cartolina dividia o recipiente. Puxou o papelão para fora e encontrou uma pilha de envelopes grandes, cada um deles identificado por um nome próprio. Pegou o primeiro, descobriu o conteúdo e logo reconheceu a mesma letra. Ao folhear as páginas e observar os borrões da tinta, percebeu que se tratava de fotocópias. Mesmo sem conhecer a pessoa nominada, leu alguns trechos do texto. Eram informações biográficas, formação acadêmica, profissão, atividade de trabalho. Revolveu mais alguns e todos dispunham do mesmo tipo de descrição sobre o biografado. Então, apareceu um envelope com um nome que ele já conhecia: Antenor. Leu alguns trechos e descobriu que o velho do shopping tinha formação em Economia, na juventude, militou em comunidades rurais, participou de conselhos e grupos de discussões de temas sociais. De repente, Edimar se lembrou da foto de antes e teve a certeza de onde ele conhecia aquele rosto. Saltou do banco, foi até a maleta, procurou a foto e correu até Marta.

— O tal amante que assediava a tua mãe, tu sabes me dizer se era este aqui?

Ela segurou a foto.

— Acho que é. Essa foto deve ter uns trinta anos, mas é ele sim. Nem sei onde anda hoje.

Edimar sabia. Só ainda não sabia como aquilo tudo se encaixava. Mas começou a desconfiar que o velho Antenor era mais que um simples amante rejeitado. Voltou à atividade e, entre os últimos envelopes, encontrou um branco, sem nome algum, a boca lacrada com grampos e, por cima dos grampos, uma cobertura com fita adesiva. Rasgou o lacre e despejou no colo o maço de papel. Na primeira página, em letras grandes, outro nome conhecido: doutor Aristides. Diferente dos outros, nesse havia anotações nas margens e partes sublinhadas em tinta vermelha, o que demonstrava tratar-se de uma cópia original. O texto não variava muito dos demais. Ali estavam as atividades do jovem advogado nos anos 60, quando militava como voluntário na Comissão de Justiça e Paz e dava assistência jurídica para entidades sociais e sindicatos. Folheou o caderno até o fim sem se deter mais na repetição de informações. Na última página, havia um trecho todo envolto num retângulo em vermelho. Leu apressado algumas linhas.

Edimar jogou toda aquela papelada de volta na caixa e correu para a saída. O calor o sufocava, e ele precisava respirar. Deteve-se, voltou ao lugar anterior, retomou o envelope com o nome do antigo superior e abalou porta afora.

Não viu mais Marta no galpão. Subiu as escadas e entrou na cozinha. Encontrou a mulher na sala, sentada numa almofada, com uma revista na mão.

— Então, encontraste o que procuravas?

— Não existe nada que me interesse lá. Pode queimar aquilo tudo.

Agradeceu a atenção da mulher, precisava ir embora o quanto antes.

— Tudo bem contigo? Pareces muito branco.

— É o calor lá embaixo.

A corrida escada acima exigiu esforço demasiado para quem estava havia quase dez horas sem alimentação. A náusea voltou a atacar o estômago. Mas ele desconversou, agradeceu outra vez e se despediu. Antes de partir, ainda insistiu para que ela queimasse tudo o que havia na caixa grande.

Desceu a pé a trilha até a Avenida Euclides da Cunha, entrou no primeiro táxi que apareceu e pediu ao motorista tocar para o cemitério pelo trajeto mais rápido. Passava das quatro horas quando ele desembarcou na Rua Dois de Novembro. Ao passar pelo portão, foi avisado pelo guarda de que restavam poucos minutos para fechar. Tranquilizou o funcionário com a garantia de que não ia demorar. Acelerou o passo sobre os paralelepípedos da ruazinha ladeada de jazigos e achou sem vacilar o lugar que procurava. Na frente do túmulo, encarou o pai através do retrato na lápide, e o olhar ainda guardava a mesma severidade de quem não admitia questionamentos. Mas Edimar desconfiava agora que aquele modelo que serviu de ideal para toda uma vida não passava de um fantoche. Não havia mais nada ali. Nem mesmo flores. Os vasos em cima da laje só possuíam terra seca, evidência de um local há muito tempo abandonado. Em meio ao silêncio em que jazia tudo na volta, ele olhou o retrato pela última vez, virou as costas e caminhou devagar para o portão de saída.

Seguiu a pé pela Dois de Novembro, dobrou na Borges de Medeiros e subiu pela Rua Tuiuti. Desde que vendera a casa paterna, após a morte da mãe, nunca mais tinha pensado nela como um pedaço de sua própria vida. Agora, com o corpo abalado pelo cansaço e o estômago contorcido, pensou em passar pela frente, rever o pátio. Se não fosse pelo nome, não reconheceria mais a rua. Edifícios de apartamento e casas comerciais substituíam o lar dos vizinhos de infância. No lugar da antiga morada, encontrou um sobrado de dois andares. Embaixo, uma padaria, em cima, uma fachada com jeito de residência. Entrou, ocupou uma mesa escura, sem toalha. Uma moça lhe atendeu, e ele pediu uma xícara de café com leite e uma torrada. Enquanto esperava a refeição, tentou se localizar. Naquela cadeira onde estava, devia ser a sala. Atrás do balcão, começaria o quarto. Tentava encaixar a planta da antiga casa na composição atual do ambiente, mas fazia isso como um jogo de juntar peças, com que se entretinha para ocupar o tempo de espera. E do fundo daquela sala onde ele brincava sozinho havia quase cinquenta anos, outra lembrança veio misturar mais ainda as peças. Sentado no piso, ele juntava recortes de madeira em forma de tijolos na construção de uma casa de brinquedo. O terreno que fixava os limites do imóvel era um mapa do Brasil retirado da estante do pai. A obra já alcançava o telhado quando a mãe entrou com a vassoura. Ao ver o material de trabalho do marido exposto ao pó, ela interveio.

— Pegaste o mapa do teu pai? Eu já te disse várias vezes pra não mexer na estante. Leva essa quinquilharia lá pra rua.

Antes que o filho tivesse qualquer reação, ela puxou o mapa, e as miniaturas de tijolos se esparramaram pelo parquê. Enquanto ela dobrava a cartolina e recolocava na estante, o filho juntou os pedaços de tábua e guardou na caixa de papelão.

A garçonete serviu o lanche. O café com leite aliviou um pouco o estômago, mas o corpo relaxado dava sinais de falta de resistência. Sobre o tampo escuro da mesa, o envelope branco resplandecia. A busca ainda não tinha terminado. Achara os documentos e já sabia o que significavam, mas faltava descobrir quem andava atrás deles. O velho Antenor falou que representava alguém, e esse alguém conhecia Edimar. Disso não restavam dúvidas. Ele mentiu ao dizer que se tratava de documentos com interesse acadêmico. Antenor sabia muito bem o conteúdo dos cadernos, portanto, deve ter mentido também quando falou de uma entidade interessada no conteúdo histórico. A casa que apareceu naquele amontoado de peças não possuía uma entrada. De repente, ele olhou para o envelope e o nome grafado na superfície branca lhe indicou a porta que faltava. Sacou do bolso a carteira para pagar a conta e procurou o número de telefone que recebera naquele encontro no shopping. Ainda não podia voltar para casa. Antes, precisava fazer mais uma visita. Perguntou à funcionária onde havia um telefone público. Ela indicou o fim da quadra. Edimar correu até o lugar indicado. Quando uma voz atendeu no outro lado, ele perguntou:

— É da casa do doutor Aristides?

Ao ser questionado, se identificou, disse qual o assunto e ouviu um pedido de espera. Em poucos instantes, uma voz masculina pronunciou:

— Pois não?

— É o doutor Aristides?

— Sim.

— Aqui é o Edimar, filho do professor Ariosto. Eu encontrei os relatórios que o senhor procura.

Uma das pessoas que Edimar jamais imaginou reencontrar era o doutor Aristides. Conheceram-se no dia do enterro do pai, em 1983. No início da década seguinte, a implantação de uma vara especializada na Justiça Federal trouxe um juiz da região central do estado. No dia da posse, Edimar acompanhou os colegas até a solenidade e constatou que o convocado era o amigo do pai. Terminados os rituais de ofício, mais por sentimento de obrigação hierárquica que por vontade própria, ele foi saudar o novo magistrado. Cumprimentos protocolares, Edimar se manteve na tradicional pose de humildade durante o tempo que julgou conveniente para as convenções, pediu licença e se retirou. Antes de liberar o funcionário, o juiz convidou:

— Passa lá no meu gabinete amanhã, às três horas, para um cafezinho.

No dia seguinte, à hora determinada, ele se apresentou. Foi recebido com menos formalidades do que no momento da posse. O velho perguntou pela função exercida, se tinha cargo de comissão. Edimar respondia tudo com a objetividade de um interrogatório. E a conversa recaiu sobre a família e a cidade natal.

— Há tempo que não vou para aquela região. Não sei se o senhor sabe, mas minha mãe também já morreu. Vendi a casa e não tenho mais nada o que fazer lá.

— E onde moras em Porto Alegre?

— Com o dinheiro da venda da casa, comprei um apartamento na Cidade Baixa, onde já morava antes. Eu tenho uma filha adolescente.

— Tens formação jurídica?

— Sim. Quando ingressei na Justiça, entrei no curso de Direito.

— Eu estou com uma equipe provisória. Não quis trazer nenhum funcionário e não conheço ninguém aqui. Já exerceste função comissionada?

Com mais de dez anos de serviço público, Edimar já sabia dar a resposta certa aos seus superiores. Além do mais, começava a entender o motivo do convite.

— Algumas vezes, em substituição de férias ou outros afastamentos.

— Ótimo. Então, vais ser o meu diretor.

Promessa cumprida, Edimar incorporou a autoridade de um cargo de confiança. Trabalharam juntos por alguns anos, mas, por insuficiência de tramitações, a vara foi extinta, o juiz transferido para uma comarca do interior, e Edimar nunca mais ouviu falar dele. Até algumas horas antes, quando encontrou aquele envelope branco no fundo de uma caixa velha.

O sol já começava a se pôr quando Edimar apertou a campainha. Uma trilha de pedras serpenteava pelo meio de um jardim até desembocar numa escadaria, na entrada da residência. Pelo interfone, ele se identificou, a fechadura estalou e o portão abriu. Edimar apertava o envelope branco embaixo do braço. Enquanto transpunha o caminho de pedras, avistou na soleira da porta a figura de um velho. Edimar galgou os degraus e estendeu a mão ao dono da casa.

— Então, meu rapaz, até que enfim vieste me visitar.

— Como vai, doutor?

Edimar foi conduzido a uma sala grande, mas não conseguia assimilar mais nada. Registrou apenas um detalhe na decoração do ambiente: um pedestal ao lado da parede apoiava uma cabeça de estátua com duas faces, uma voltada para a porta da frente e a outra mirava a porta do interior da residência. Ao sentar, constatou a maciez do sofá, porque o cansaço físico pedia um pouco de conforto. O anfitrião percebeu isso e ofereceu um copo d'água, Edimar recusou. O velho se acomodou numa poltrona abaixo da estátua.

— Eu lhe trouxe um presente.

O juiz apanhou o envelope, retirou o caderno de dentro. Leu algumas linhas sem demonstrar nenhuma surpresa. Por fim, largou em cima do sofá.

— Então, eles existem mesmo.

— Existiam até há pouco. Só sobrou esse, que o senhor procurava.

— E os outros?

— Queimei tudo.

— Que pena.

— Por que o senhor queria isso? Aí não existe nada que o senhor mesmo já não saiba. Inclusive umas viagens misteriosas para o exterior há muitos anos. Está tudo na página final, assinalada em vermelho.

— Eu precisava confirmar uma dúvida sobre o meu velho amigo.

— Eu também fiquei com uma dúvida. O seu era a única cópia original, os outros eram todos fotocópias. O senhor teve privilégios.

O velho esboçou um sorriso. Edimar não conseguiu captar naquela expressão qualquer sentimento, nem alegria, nem tristeza. Esperou que ele falasse.

— Não sei quais são os nomes nas fotocópias, mas posso imaginar alguns. Uns foram presos, outros sumiram e nunca mais apareceram, outros recomeçaram a vida e andam por aí, como o velho Antenor, que foi te procurar.

Num movimento involuntário, Edimar levou mão ao ventre, o corpo contorcido por um acesso de náusea. O suor gotejou pelo rosto. O juiz correu para o interior da residência e voltou com um copo de água. Edimar bebeu, respirou fundo.

— Que importância tem isso para o senhor hoje?

O velho voltou a sentar.

— Edimar, eu sou um juiz. Para julgar, eu preciso de provas.

— O senhor não é mais um juiz.

— Engano teu. Eu apenas não visto mais uma toga, mas continuo interessado na verdade dos fatos.

— Verdade dos fatos? Doutor, no meu tempo de professor de história, eu descobri que a verdade não passa de uma explicação aceita por todo mundo.

— Então, nunca foste um historiador de verdade.

— Nunca fui um juiz. Os historiadores atribuem a si próprios o direito de julgar o passado. Eu não julgo ninguém.

— Pois eu sempre fui um juiz. Tanto que, quando me aposentei, resolvi oferecer os meus conhecimentos e um pouco do meu tempo para uma entidade do centro do país, interessada em resgatar a nossa história recente. Em várias conversas e pesquisas, tomei conhecimento desses relatórios. Nessa época, conheci o velho Antenor, e começamos a trabalhar em parceria. Foi ele quem me falou da velha Marisa. Quando jovem, ela causava um pouco de escândalo pelo comportamento pouco ortodoxo. Com isso, ela conhecia muita gente e descobria coisas que os espiões oficiais não conseguiam. Quando me informei da relação dela com o teu pai, tive um terrível pressentimento. Outra descoberta contribuiu para aumentar as minhas suspeitas. Dados da minha biografia pessoal, só confessados aos meus amigos de confiança, como essas viagens de jovem estudante, estavam registrados. O Antenor também andou envolvido com a dona Marisa na juventude. Pedi que ele tentasse descobrir alguma coisa. Ele foi informado de que ela só conhecia projetos de estudos e que tinha mandado tudo para a família do professor em Porto Alegre. O velho não acreditou muito, ela se sentiu pressionada e sumiu. Uma filha dela aqui da cidade dizia que ela tinha voltado para a região onde nasceu, na fronteira. Seguimos na procura e descobrimos que ela estava num asilo em Porto Alegre, mas não recebia ninguém. Então, eu me lembrei de ti e pedi para o Antenor te procurar, sem causar muito barulho nem dizer que era eu, pois, afinal, eu não tinha certeza de nada.

— Eu também não sabia de nada até hoje. Agora que eu e o senhor sabemos de tudo, eu lhe pergunto: o senhor vai julgar o quê? Quem é o réu?

— O passado.

— Para quê?

— Para não cair no vazio do esquecimento. Assim

como o deus Jano, que vês aqui nesta estátua, tenho uma face voltada para o passado, para poder organizar o futuro. Um é reflexo do outro. Isso não é novidade para quem já foi historiador.

— Eu nunca gostei de história. Eu gostava de romances históricos. Quer dizer, eu gostava mesmo era de literatura. Levei muito tempo para entender isso. Quando me dei conta, abandonei as duas.

— Que pena, Edimar. Se soubesses como uma se alimenta da outra...

Uma senhora com um avental branco apareceu na porta, pediu licença, se aproximou e anunciou que o jantar estava pronto. O juiz fez um sinal de assentimento, e a mulher se retirou.

— Edimar, janta comigo.

Edimar se levantou junto, a mão pressionada sobre o estômago.

— Não, doutor, obrigado. Estou sem fome. E preciso voltar para casa.

Edimar amanheceu sozinho na cama. Vestiu-se e caminhou até a sala. Toda a casa em silêncio. A primeira alimentação farta em um período de mais de um dia. O desjejum engolido agora na solidão do lar provocou um relaxamento do corpo, uma vontade de voltar para a cama e dormir até segunda-feira, sem precisar falar com ninguém. Mas o desejo de sossego esfriou quando uma voz intrometeu-se pela porta.

— Oi, pai. Já acordou?

Edimar não se dispunha mais a dar respostas óbvias. A filha acercou-se da mesa. Ele já esperava um interrogatório cheio de ironias.

— Bom dia, filha. Senta aí, vamos tomar um café.

Ela puxou uma cadeira, sentou, mas recusou o café.

— Foste viajar ontem?

— Sim. Fui a Santa Maria.

— Fazer o quê?

— Tua mãe não te contou? Fui visitar o túmulo do teu avô.

Os olhos fixos no pai controlavam todos os movimentos, e ela mal conseguia disfarçar um riso irônico.

— Um dia inteiro pra visitar um túmulo?

— Eu fui de ônibus. Só de viagem são quase dez horas.

— E as outras quatorze?

Edimar encarou a filha. Não havia dúvida sobre o tipo de suspeita que desorientava a cabeça dela. Ele podia explicar tudo, dizer o assunto que foi tratar e provar inocência. A filha era dotada de inteligência suficiente para entender. Seria até uma estratégia para reconquistar o respeito perdido e retomar uma relação de pai e filha há muito deteriorada pela arrogância dela e a apatia dele. Mas Vânia não tinha desenvolvido a sutileza para perceber conflitos alheios. Inquieta na cadeira, o corpo teso, os olhos fixos lembravam a cobra prestes a saltar sobre a presa.

— Levaste a tua amante pra mostrar a cidade a ela?

Edimar viu a última chance de reconciliação voar pela janela, mas apelou para o mesmo tom de ironia.

— Filhinha, papai precisou tratar de um assunto importante, mas agora papai está em casa, correu tudo bem, pode ir brincar na tua casinha que papai está ocupado agora. Ouviu, filhinha?

A pele do rosto ruborizava, os olhos brilhavam, mas ele mantinha a cabeça erguida e a voz firme. Pega de surpresa com a reação dele, ela levantou de um salto, afastou a cadeira.

— Coisa patética, um homem velho tentando recuperar a juventude perdida.

— Minha juventude não foi perdida, foi jogada fora pra dar segurança à minha família. Abandonei tudo pra dar educação à minha filha, e olha o resultado: uma criança mimada, fútil e sem respeito.

— É mesmo, doutor Edimar? Abandonaste o quê? Quando eu nasci, tu tinhas o que mesmo? Uma brilhante carreira de professor primário? Até quando vais me culpar pela vidinha miserável que sempre tiveste?

Os dois se encaravam no meio da sala. O pai, para surpresa de si mesmo, manteve o controle da situação. A face corada, músculos tensos, mas a postura digna de quem exerce uma autoridade legítima. A filha, corpo retesado, a fúria latejante no olhar, desafiava o adversário para o embate. Mas a refrega familiar foi apartada pela mãe, que acabava de entrar, cheia de sacolas. A filha correu, ajudou a mãe a carregar as compras. Edimar respirou fundo e sentou na poltrona. A esposa aproximou-se:

— Édi, tu nem sabes o que aconteceu. Quando tu chegaste ontem, eu já estava dormindo, nem te vi entrar, não pude te contar. Tua chefia ligou ontem para cá, tu nem vais acreditar, a tua aposentadoria foi publicada ontem no Diário Oficial. Tu já estás aposentado.

O marido mirava o peixe que se agitava de um lado para o outro dentro do aquário. A filha acomodou as compras em cima da mesa da cozinha e refugiou-se na frente do espelho do chapeleiro. A esposa, parada ao lado do marido, não escondia a ansiedade:

— Tu não estás contente, homem? Tu não precisas mais trabalhar.

— Sim, eu estou contente.

— E como foi a viagem?

— Foi tranquila. Está tudo bem.

Nesse momento, a filha, já refeita da agitação, com a tradicional pose de dama da sociedade, anunciou:

— Eu vou embora. Só vim aqui dar tchau e ver se está tudo bem com vocês. Eu e o Celso viajamos amanhã à noite e só voltamos depois da Páscoa.

— Ah, minha filha, boa viagem, descansem bastante. Um beijo no Celso e na minha netinha. A minha excursão sai amanhã cedo.

Mercedes retomou o assunto com o marido:

— Ah, Édi, já ia me esquecendo de outra notícia. O corretor de Torres me ligou nesta semana, apareceu alguém interessado na casa. Já que tu vais ficar aí sozinho e não precisas mais trabalhar, vai pra lá, descansa, e vê se fecha negócio. Senão, eu vou ligar e dizer que nós vamos outro dia. E não te esquece de dar comida pro peixinho. Eu pedi pro seu Dino dar uma olhada na caixa de gordura, tem um cheiro horrível aqui na área de serviço. Quando ele vier, pede pra ele te ajudar e dá uma limpada no aquário também.

Se a esposa atinasse nas reações do marido, teria notado as mãos crispadas nos braços da poltrona, os ombros contraídos, maxilares tensionados. E foi com os olhos arregalados de espanto que ela reagiu quando ele saltou diante dela, aos berros:

— Chega, chega. Chega de me passar tarefas como se eu fosse uma criança. Chega de se meterem na minha vida. Chega de fazer tudo o que os outros querem que eu faça. Eu não sou mandalete de ninguém. Eu cansei, eu não aguento mais. Será que vocês não percebem que eu estou cheio de tudo isso? Ninguém vai vender coisa nenhuma, e sabes por quê? Porque quem manda na minha vida sou eu. O chefe desta casa sou eu. E eu não quero mais saber de gente estranha aqui dentro o tempo todo. Chega de seu Dino tendo mais espaço que eu dentro da minha própria casa. E quer saber de mais uma coisa? Eu não suporto esse peixe olhando pra mim o tempo todo.

Investiu contra o aquário, segurou a caixa de vidro pelo lado rente à parede e puxou com força. As laterais de vidro se partiram no choque com o piso, a água encharcou o tapete e o peixe agonizou no meio da sala. A mulher entrou em desespero, correu de um lado para outro. A filha observava, de braços cruzados, como se assistisse a uma representação teatral.

— E tu. Presta bem atenção. Daqui pra frente, tu cuidas apenas da tua vida. E por falar nisso, devolve a chave da minha casa. De hoje em diante, só entras aqui quando fores convidada.

Mercedes desandou numa choradeira de velório. Vânia, que segurava o chaveiro encontrado na bolsa, tirou a chave, colocou em cima da mesa. Os dois se miravam, se mediam, mas ela se manteve calada o tempo todo. A esposa contornava o marido, pedia explicação. Ele esquivou-se em retirada para o quarto. Voltou em minutos. As duas mulheres se despediam na porta, a esposa de olhos vermelhos, a filha sem um único vestígio de mágoa. Vânia deu um beijo na mãe e saiu sem nenhuma palavra para o pai.

— Tu vais sair, Édi? O que foi que aconteceu?

— Nada. Vai te preparar pra viagem.

Conferiu os bolsos e voltou ao quarto. Pegou mais um documento na gaveta do bidê, mas, ao baixar a cabeça, balançou numa crise de tontura e sentou na cama. Uma contorção no estômago compeliu o tronco sobre as pernas e ele permaneceu curvado por alguns minutos, os braços cruzados sobre o ventre. Ao final, ergueu-se, respirou e saiu. Na sala, a mulher interceptou-lhe a passagem:

— Édi, espera. Onde tu vais? O que foi que aconteceu?

— Eu não aguento mais, Mercedes. Foi isso que aconteceu.

Ela segurou o marido pelos braços, na frente da porta. Ele se conteve e foi conduzido até a poltrona.

— Senta, Édi, vamos conversar.

Ele atendeu ao pedido, afastou com o pé os cacos de vidro ao redor da poltrona. Ela sentou no sofá ao lado.

— O que tu não aguentas mais?

— Esta vida que eu levo. Ser tratado como uma criança, ignorado dentro da minha própria casa.

— Ignorado? E como tu achas que eu me sinto, Édi? Tu achas que é bom viver na mesma casa com um homem que nunca fala o que sente, o que pensa? Tu nunca me acompanhas em nada. Nas excursões, eu sou quase sempre a única sozinha. Tu tens ideia do que eu faço em casa quando tu vais pro trabalho? Se eu não te chamo a toda hora pra me ajudar, tu dormes sentado.

Mercedes em pranto, Edimar se manteve calado, cabeça baixa, os olhos fixos numa poça d'água sobre o tapete.

— Quando nos conhecemos, os livros nos aproximaram, a gente sempre tinha o que conversar. E hoje, Édi, tu sabes de algum livro que eu tenha lido nos últimos anos? Pois alguns daqueles que levaste não sei pra onde eram meus, e tu nem te deste conta disso. Não tiveste o trabalho de me consultar sobre nada. E te sentes ignorado?

Mercedes enxugou a face com a mão, Edimar continuava imóvel.

— O que tu foste fazer em Santa Maria? Faz dias que andas mais rabugento do que de costume, e agora essa viagem repentina. Por que tu não me contas as coisas que te preocupam?

A voz era de súplica. Ele levantou a cabeça, olhou para a esposa. Nos olhos dela, não havia raiva, nem ódio, apenas uma determinação de ajudar o marido. Ele se recostou na poltrona e relatou num resumo os fatos relativos à viagem, desde o telefone do velho Antenor, a entrevista com Dona Marisa, a conversa com Marta, o reencontro com o doutor Aristides e os cadernos encontrados.

— Mas que cadernos eram esses? Teu pai foi apenas um professor respeitado, nada mais.

— Isso era o que eu pensava. Meu pai não era apenas um professor.

— Mas que importância tem isso agora? Ele morreu há vinte anos.

— Não, Mercedes. Pra mim, o meu pai morreu ontem.

A imagem do marido derreado na poltrona dispensava qualquer palavra para traduzir o clima de naufrágio. Mas Mercedes se obstinou na esperança do resgate.

— E a tua mãe, Édi? Tu nunca falas nela. Desde que te conheço, só te ouço falar do teu pai. Eu só encontrei com ela uma vez na vida, na única vez que me levaste a Santa Maria. Nem no enterro do teu pai quiseste me levar.

— Minha mãe só existiu na sombra do meu pai.

Mercedes mantinha a solicitude maternal, mas Edimar não conseguia falar mais nada. Olhou pela janela.

— Eu vou sair.

— Aonde tu vais?

— Vou andar um pouco. Vai fazer a tua viagem, aproveita e te diverte. Na volta, conversamos mais.

Saiu para rua como quem deixa a prisão. Caminhou com a firmeza de quem sabe aonde vai. Mas não sabia. O desabafo com a esposa proporcionou um pouco de alívio, mas a permanência ao lado dela tornou-se impossível. Só o que importava agora era começar a vida de novo. Para isso, precisava de um ponto de apoio, por mais frágil que fosse. A única alternativa que aparecia na mente era Rose. Ela tinha se tornado a única pessoa capaz de lhe salvar do desespero. Na vida de Rose, havia lacunas que ele fingia ignorar porque gostava da companhia dela. Mas foi naquele apartamento humilde e sem conforto que ele recuperou um pouco do entusiasmo de viver. E só isso já justificava a facilidade com que ele aceitava as explicações dela. Ainda que ela tivesse mentido sobre a doença da mãe, ele queria que ela voltasse. Lembrou da acusação de Edgar: "tu te preocupas demais com coisas bobas." E com essas divagações, encontrou-se na frente de um telefone público. Pegou o cartão que carregava sempre no bolso, colocou no aparelho e discou. Em seguida, ouviu uma reclamação no outro lado:

— Oi, Édi, eu te liguei ontem pro trabalho. Disseram que tu não trabalhas mais lá.

Em menos de meia hora, ele entrava no apartamento da amante. Ela resumiu a viagem, a mãe passava bem. Sem mais explicações, perguntou sobre o trabalho dele.

— Eu viajei ontem. Quando voltei, já estava aposentado.

— Édi, agora tu vais ter que comprar um celular. Eu não posso ligar pra tua casa.

— Eu não tenho mais casa. Aliás, eu nunca tive uma casa.

Ela conduziu Edimar pela mão até uma cadeira ao lado da mesa.

— Senta aí que eu vou fazer um cafezinho pra nós.

Durante o café, ele contou sobre a cena que se passou em casa, o resultado da viagem à cidade natal. Mesmo que Rose não tivesse interesse em ouvir, mesmo que ela não alcançasse a dimensão do que tudo aquilo significava, ele teceu um relato cheio de exclamações, interjeições e ênfases. Contou da admiração que sempre teve pelo pai, a tentativa de ser um professor, o casamento, o abandono da carreira, a opção por uma vida acomodada para garantir a felicidade da família.

— E hoje, aos cinquenta e três anos de idade, eu não tenho mais nada. Vou começar tudo de novo.

— Édi, não é pra tanto. Vocês tiveram uma discussão.

A tua filha não me aceita, mas querias o quê? Que ela me convidasse pra almoçar na casa dela? Não foi tão trágico assim. Vais fugir de casa agora, que nem criança?

— Vou vir morar aqui contigo.

— Enlouqueceste? Deixar o conforto da tua casa pra vir morar nesta espelunca aqui?

— Então, vou alugar um melhor pra mim.

— Acho que tu devias continuar na tua família.

— Família? Minha mulher é uma neurótica ansiosa, minha filha é uma fútil vaidosa, e o meu genro, um egocêntrico pedante. Isso tu chamas de família?

— Esqueceste a tua netinha.

— Ela vai crescer também.

Ela propôs saírem para almoçar fora, mas ele alegou cansaço, falta de energia. Então, ela sugeriu que ele descansasse e foi para a cozinha. Ele foi atrás, a impaciência o impedia de ficar sozinho. Enquanto tratava da comida, ela falava sem parar, fazia planos, conjeturava o futuro. Durante a conversa, Edimar questionou sobre a situação dela, que também exigia precaução. Ela desconversou, disse que cada coisa a seu tempo. Agora, precisavam tratar de um projeto para a nova vida de aposentado.

— Afinal de contas, a partir de agora, estamos os dois sem emprego.

Ele capitulou frente aquela inconsequência meio infantil. Um resquício de sentimento paternal aflorava ao ver uma mulher jovem em situação de tamanha fragilidade.

Terminado o almoço, voltaram para a sala, ele sentou no sofá. De pé na frente dele, ela falou:

— Édi, agora falando sério, tu tens que pensar em alguma coisa pra fazer. És jovem ainda, não podes ficar em casa sem fazer nada.

A certeza de ter a posse da mulher à sua frente reacendeu o desejo. Ele contemplou aquele corpo ali ao alcance da mão. Foi a única compensação que lhe restou, e estava disposto a pagar por ela. E com um brilho no olhar, como se tivesse encontrado uma resposta por muito tempo procurada, anunciou:

— Acho que vou montar um salão de beleza.

Ela saltou no colo dele, acavalou-se sobre as pernas e, com os braços em volta do pescoço, recostou a cabeça dele sobre o peito, beijou a face, os lábios.

— Tu és tão querido.

Outras publicações da Dublinense

Rabiscos no pensamento · *Helena Hofmeister Martins-Costa*

Aventuras de Tomé Pires · *Norma Ramos*

No inferno é sempre assim e outras histórias longe do céu · *Daniela Langer*

Poemas famintos · *Valmor Bordin*

Daimon junto à porta · *Nelson Rego*

Delicadamente feio · *Ricardo Silveira*

O homem despedaçado · *Gustavo Melo Czekster*

Ciranda negra · *Eni Allgayer*

A vida é breve e passa ao lado · *Henrique Schneider*

Conexões malignas · *Mário André Pacheco*

De tudo fica um pouco · *Luiz Antonio de Assis Brasil (org.)*

Peregrina de araque · *Mariana Kalil*

Conheça também nossos ebooks.

Para consultar nosso catálogo completo e obter mais informações sobre os títulos, acesse www.dublinense.com.br.

dublinense

Este livro foi composto em fontes Arno Pro e Draconian Typewriter
e impresso na gráfica Pallotti, em papel pólen bold 70g, em dezembro de 2011.